親愛的戰機駕駛員

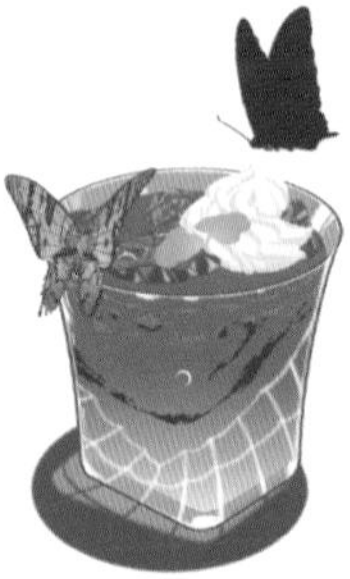

越柵輓歌

能幹的女友

我的鯨魚男友

有川浩
Arikawa Hiro

我的鯨魚男友

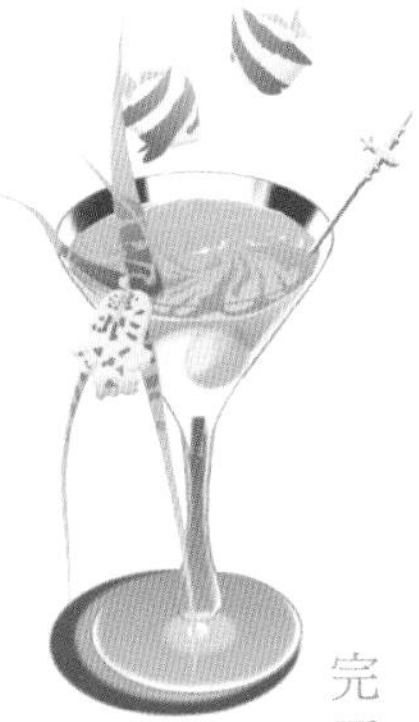

完工

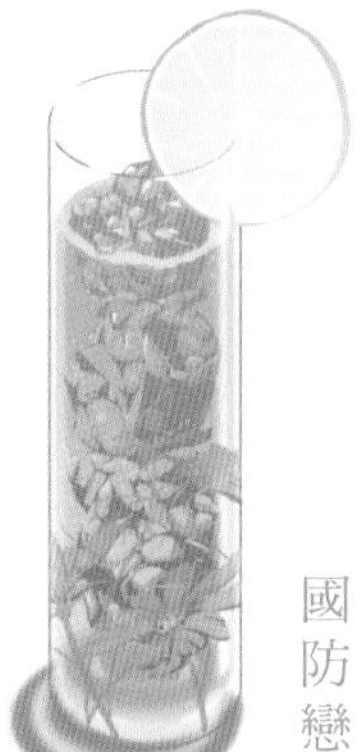

國防戀愛

我的鯨魚男友

目次

插畫／徒花スクモ

我的鯨魚男友

*

「近來好嗎？浮上水面，看見漁火很美，拍下來寄給妳。春天還很遠，小心別感冒了。」

一如往常的簡短訊息裡附著照片。

照片上是滲透於黑暗之中的點點橘光。

如果沒有說明，根本看不出是漁火，不過仍無損畫面中的夢幻氣息。

中峯聰子仰躺在套房的床上，凝視著手機上的小小液晶畫面。說到冬天的漁火，聰子只聯想到海釣船。

不知他現在人在哪兒？會擔心我感冒，代表他人在寒冷的地方？不過這個時期各地的海上應該都很冷。他能傳簡訊，應該是在沿岸地帶，但不見得是國內……

算了，別想了。聰子拿著手機的手往旁邊一攤。說好不去追究他人在哪兒的。

「這表示我們現在還在交往吧？」

漁火很美（想與妳分享），拍下來寄給妳。

自行補充這一句，應該不過分吧？至少他對聰子仍有分享美景的心意在。既然他們還在交往，將這份心意解釋為愛意，應該不算是聰子自作多情吧！

包含標點符號在內共三十七字，任憑聰子反覆再讀幾百次，也不會多迸出半個字來。這是暌違兩個月的簡訊，然而這段簡潔有力的文字卻顯得太過淡漠，教聰子不由得滿懷不安。一日不見如隔三秋這句話，果真是半點不假。

他原本就不能常常聯絡，這回隔了兩個月才傳來一封簡訊，更是目前最長的紀錄。這麼久沒聯絡，卻只有短短三行字，未免太冷淡了。

好歹也多甜言蜜語幾句嘛！聰子不奢求他說「我喜歡妳」或「我愛妳」，但至少說句「我想妳」啊！

這回聰子真的希望他能說幾句甜蜜的情話。

春天還很遠。

「我覺得你比較遠。」

聰子喃喃說道，說完以後才發覺這句話居然是一語雙關。他的小名就叫「春」。

聰子看了看簡訊傳來的時間，大約是一小時之前。她抱著姑且一試的心態撥打他的手機，果不其然，又是耳熟能詳的「您撥的號碼沒有回應，將轉接至語音信箱」。

一小時前，聰子人正在回程的電車上搖搖晃晃。她搭電車時，把手機調成振動模式收在包包裡，根本察覺不到簡訊傳來。假如當時聰子已經回到家，立刻回撥，說不定打得通。可恨的加班！不，倘若聰子仍是行政人員，就算加班也不會加到這麼晚，一切都要怪公司將她調到營業部門。資歷相同的女性職員明明有三個，為什麼偏偏找上我？

聰子的思考越來越負面，她為了甩開這些千頭萬緒，便闔上了手機。再這麼胡思亂想下去，只怕最後會冒出一些不該有的傻念頭。

下回聯絡不知是幾星期或幾個月後？
——當潛艇水手的女友，真的很辛苦。

*

聽子和他是在一場尋常無奇的聯誼上相識的，只不過情況有些不一樣。她學生時代的朋友川邊惠美到了聯誼前一刻才找上她，一問之下，才知道原來有人臨陣脫逃。

「臨陣脫逃？未免太誇張了。發生了什麼事？」

惠美在電話彼端尷尬地說道：

「也沒什麼啦！這次聯誼的對象是自衛官，那個女生有點小姐脾氣，說她不喜歡這種沒保障的行業。」

「妳一開始沒說嗎？」

「起先只籠統地說是公務員，瞧她聽了那麼興致勃勃，我反而不好意思解釋了。到了今天好不容易說出口，結果她立刻翻臉拒絕。」

惠美的聲音充滿疲憊，看來她們似乎爭執了很久。

「其他人沒意見嗎？」

「其他人一開始就知道了，還說聽起來很有趣呢！不過她們好奇的成分居多，有幾分認真，我就不清楚了。」

平時沒交集的行業的確格外引人興趣。和上班族聯誼，不管是哪一行，談起辦公室的話題都是大同小異；不過和自衛官聯誼，至少有新奇的話題可聽，就算當成一般聚餐也值回票價了。

「話說回來，妳怎麼會找自衛官聯誼？」

「我叔叔是海上自衛隊的，想替部下找伴。他還說費用讓男方負擔就好了呢！」

確實如惠美所言，這次的聯誼費比行情價便宜許多。地點選在品川，似乎是因為參加聯誼的自衛官是在橫須賀工作，交通較為方便之故。會費大半由男方負擔，所以女方就在地點上遷就他們，以示公平。

「結果到了前一刻，人數竟然不夠。不好意思，妳能不能幫幫我？就算當成普通聚餐也划得來啊！而且我叔叔說他會找帥哥來，說不定會有意外收穫呢！」

其實用不著惠美懇求，聰子已經躍躍欲試了。日期訂在星期五，當天聰子並沒有其他行程；隔一天星期六雖然碰巧是隔週休，但是說來可悲，她完全沒安排任何活動，晚點回家也無妨。

再說，瞧她這個心地善良的朋友為了叔叔的請託如此費心安排聯誼活動，聰子怎麼忍心拒絕呢？

「ＯＫ，反正我也沒事，可以參加。不過我認識的人只有妳一個，妳可要負責照顧我喔！」

「謝謝，妳真是我的救星！」

「說不定會有意外收穫」這句推銷用語，此時的聰子只是順耳聽聽，根本沒當一回事。

參加聯誼的男士之中，有個人長得格外英俊，一眼就猜出他正是叔叔找來的帥哥。安排聯誼的雖然是惠美的叔叔，不過當天擔任幹事的卻是這位帥哥。

經過自我介紹之後，聰子才知道他名叫冬原春臣。這個冬原春臣是個心思細密的人，雖然女孩們的興趣全集中在他身上，他卻能見招拆招，找機會把同伴拉進來，炒熱話題。在冬原的穿針引線之下，起先緊張的男士們也漸漸放鬆心情，開始輕快地聊起天來；一旦打開話匣子，才發現風趣健談的人其實不少，就算少了冬原也聊得下去。他們全都在潛艇上工作，新奇的話題教女孩們聽得津津有味。

喜歡漫畫的女孩還挺多的，一談起某部有名的潛艇漫畫就沒完沒了。

見場面熱絡起來，冬原便功成身退，開始專攻吃喝。看來他已經很習慣出面當招牌了。

聰子向來不擅長和這種長得帥、手腕高明又深知自己有異性緣的人相處。她是個平凡的小老百姓，見到這種高格調的人總會有點畏縮。

聰子雖想加入其他人的話題，但她跟大家都不熟，根本沒有插話的餘地。答應照顧她的幹事惠美聊漫畫聊得正起勁，正在討論漫畫裡的兩個艦長比較喜歡哪一個。聰子這才想起惠美有個愛看冷門漫畫的哥哥，看來惠美本身也很有宅女的資質。光是旁聽便能跟上內容的聰子也沒資格說別人就是了。

「看了我叔叔，才知道艦長根本不像漫畫裡的那麼帥，好失望！」別失望了，拜託妳快點想起我的存在吧！

仔細一看，坐在桌角邊的男士似乎也搭不上腔，臉上流露出茫然的神色；不過聰子還沒積極到特意換位子去接近「獵物」的地步。

正當飽受冷落的聰子無所事事之時——

「我沾到什麼東西了嗎？」

坐在對面，正將生魚片往自己盤子裡夾的冬原突然問道。聰子直到他喚了一聲「中峯小姐」，才知道他是對自己說話。

「咦？」

「我的臉上沾到什麼東西了嗎？」

「沒有啊……」

「是嗎？我看妳好像一直在偷瞄我，還以為是我的臉上沾到了髒東西。」

冬原點明了聰子的無禮視線，用筷子俐落地攪和碟子裡的醬油和芥末。

啊！被發現了。聰子微微地縮了縮脖子。

聰子不得不承認，冬原雖然令她覺得高不可攀，長相卻是她最喜歡的那一型，因此她無所事事之下，便忍不住多瞄了幾眼。

「對不起，冒犯到你了？」

「嗯，多少會。用偷瞄的，要不注意都很難。」

冬原直截了當地坦承自己的不快，和剛才炒熱場子時的親切態度完全相反。看來他也不是一味地笑臉迎人。

也對，他長得這麼帥，何必迎合女孩子？這個感想似乎有點酸葡萄心理。

既然已經惹他不高興了，再辯解也沒用。聽子也坦白回答：

「對不起，眼前擺了張正合喜好的臉，所以忍不住多看了幾眼。」

冬原正要把生魚片送進嘴裡，卻突然停住動作，垂著頭抖動肩膀。等他抬起頭來，聽子才知道他在忍笑。

「唉呀……我還是頭一次碰到有人這麼直截了當地說喜歡我的臉。女人也挺現實的嘛！」

「平常我比較含蓄一點，不過今天實在太閒了。」

聽子瞥了開懷暢談的眾人一眼。假如聽子是美女，或許男士們會設法讓她加入話題；只可惜她沒有這麼大的魅力，男士們也就順其自然了。

「中峯小姐，妳是不是被拉來湊人數的？」

「嗯，我和幹事是朋友，其他人我都不認識。」

「難怪搭不上腔。川邊小姐也聊得渾然忘我。」

惠美正在興頭上，完全沒有回神的跡象。

「她受她哥的影響，很迷潛艇漫畫，叔叔又是潛艇艦長，也難怪她聊得這麼起勁了。」

說著，聽子朝著冬原微微垂下頭。

「我真的閒得發慌，所以才觀賞起你的臉來了，對不起。」
「用不著光看，可以和我說話啊！還是妳只對我的臉有興趣？」
「沒這回事。」
解釋凡人這種微妙的畏縮之情並無意義。聽子一時間想不到共通的話題，便姑且跨入對方的領域。
「潛水艇潛進水裡的時候是什麼感覺？」
冬原聽了她的問題，顯得有點意外。
「……我說了什麼不該說的話嗎？」
「不，我只是在想，原來妳是用『潛』字的人啊！」
聽子不明白冬原這句話的意思，一臉訝異。冬原又補充說明：
「對潛艇水手而言，世界上的人可分為兩種；一種是說潛艇『潛』進水裡的人，一種是說潛艇『沉』進水裡的人。外行人大概有一半的機率會用『沉』字，不過妳沒用。」
「咦？可是……」
聽了這段補充說明，聽子更是一頭霧水了。
「沒人會說鯨魚沉進水裡啊！」
「……這時候又蹦出鯨魚了？」
冬原喃喃說道，笑開了臉。聽子不懂他的笑容有何含意，只覺得被取笑了，連忙辯解：
「你不覺得像嗎？兩者都是黑色，體積很大，而且能潛進深海裡。啊，鯨魚不一定是黑色，不過潛艇的形狀還挺像鯨魚的啊！」

「嗯，非常好，很有見地。」

冬原宛若學校老師般高高在上地評論道，開懷地將杯中的酒一飲而盡。開頭乾杯過後，他一直是燒酒和日本酒輪流著喝，看來酒量還不錯，只能小酌的聰子跟不上他的步調。

「我們形容潛水艇時不用『沉』字，因為一定會浮上來。潛艇水手最排斥『沉』字啦！潛艇只有被擊沉的時候才用『沉』字。」

冬原話才剛說完——

「……恕我囉唆，潛水艇是『潛』水，不是『沉』水。」

方才坐在桌角搭不上腔的男士糾正了某個女孩的用詞，惹來一陣大笑。冬原橫眼看著他們苦笑道：

「那個女孩以為他在說笑，其實他心裡很不爽。」

「你聽到別人這麼說，心裡也會不高興？」

「我沒那小子那麼幼稚，不會放在心上。不過要是糾正了好幾次還是不改，就從戀愛對象名單裡剔除了。」

那表示我現在還沒被剔除囉？想這些未免太早。聰子可不認為光憑這一點就能擄獲冬原的心。

後來冬原說了許多潛水艇「潛」水時的事。潛進水裡以後，船身便不再搖晃，沒有暈船之虞；船身不再搖晃，是因為水中不受波浪的影響；不過浮上水面時，潛艇搖晃的程度卻比一般船隻厲害。

冬原並不是自顧自地說話，而是適時讓對方參與話題，聰子不得不佩服他的聊天技巧。在冬原高明的談話技巧之下，聰子的畏縮之情不知不覺間消失無蹤。冬原的興致似乎也很好，黃湯連連下肚。

眾人決定轉移陣地續攤，紛紛走出店門之時——

「我們先溜吧？」

身旁的冬原突然若無其事地說道。

「可是……」

「妳不是喜歡這張臉？歡迎單獨觀賞。」

哇！真虧他說這話能臉不紅、氣不喘。

「可是你不是幹事嗎？」

男方的幹事開溜，惠美可要傷腦筋了。然而冬原卻毫不在乎地說道：

「所以妳沒問題囉？」

冬原態度如此強勢，教聰子有點心理不平衡，但要拒絕他的邀約又覺得可惜。冬原不只長相符合聰子的喜好，談起天來也很投機，這可是大為加分之處。假如冬原也和聰子有著同樣的感覺，聰子就更開心了。

冬原不再徵求聰子的同意（如此精準的判斷力也教聰子不平），朝著前方喚道：

「夏！」

聞聲回過頭來的，正是方才糾正女孩用詞的男士。

「我先溜了，接下來交給你啦！」

「喂！哪有人突然……」

他看來也想打道回府，冬原卻無視於他，離開了一行人。冬原強拉著聽子的手，連頭也沒回過一次，卻彷彿看見聽子擔心惠美的神情一般，說道：「丟給那小子就沒問題了。」適時緩和了聽子與幹事一起開溜的罪惡感。

聽子鮮少有這種讓人玩弄於股掌之間的經驗，感覺還挺新鮮的。

「末班電車還趕得上吧？」

聽冬原一問，聽子才發現時間已經這麼晚了。去續攤的其他人也差不多該散會了吧！

「對不起，你應該有門禁吧？」

她聽說自衛隊宿舍是有門禁的。

「今天我已經申請好外宿了，沒問題。和女孩子一起聚餐卻說：『我們有門禁，得先回去了。』這樣不是很遜嗎？這種時候大家都會申請外宿，更何況明天又是假日。」

那就好。慌忙起身的聽子再度坐下。現在得顧慮的只剩聽子自己，反而教她舉棋不定。他們已經交換了手機號碼，就此散會並不成問題，但不知何故，她就是開不了口。

「那你打算怎麼辦？」

話說出口，聽子才發現自己問了個蠢問題。都快到末班電車發車的時間了，一個女孩家還問這種問題，豈不是在誘惑人？更何況她和冬原今天才相識。聰子並不排斥見面當天便忘情共枕的行為，但這不合她的性格，冬原也不見得有這個意思，說這話未免顯得太過積極了。

最重要的是——她不希望冬原對她有錯誤的認知。

該怎麼解釋剛才那句話？不，解釋反而顯得我想太多，或許自然帶過才是正確的選擇？

可是……

就在聰子不知所措之際，冬原笑了。

「有種依依不捨的感覺，對吧？」

「對，沒錯！」

聰子立刻附和，附和完後才覺得自己太過激動了。

「……我就是這個意思。」

聊得很開心，捨不得散會，希望能多聊一會兒。「依依不捨」四個字用得恰到好處。聰子喜歡冬原用詞精準，也喜歡冬原用這四個字來形容他們倆現在的狀態。

「不如我們先搭電車到妳家附近的車站，要是路上沒話題可聊了，就在車站解散；如果還聊不夠，就在附近找家店坐下來繼續聊，如何？回到住處附近，就算累了也能馬上回家，比較沒有心理負擔。」

這個提議完全遷就聰子，但聰子沒和冬原客氣，一口就答應了。她確信只要做好促膝長談的準備，聊到天亮都不成問題，而她相信冬原也有同感。

——我是不是太得意忘形啦？

果然不出聰子所料，他們倆在幹道旁的一間家庭餐廳裡天南地北地聊到天亮。花費數個小時聊這些旁人耳中的廢話，簡直像是虛擲光陰的學生一樣。非但如此——

「天啊，我覺得好開心喔！」

話題告一段落時，聰子如此輕喃，而冬原立刻接著說道：

「既然中峯小姐對我臉孔以外的部分也感到滿意了，就和我交往吧？」

這是聰子求之不得的提議，但她微乎其微的自尊心卻不容許她一口答應。

打從一開始，聰子便說過她喜歡冬原的長相；要是現在立刻答應和冬原交往，豈不顯得她真的是一個只看外表的蠢女人？

「我可以問你看上我哪一點嗎？」

「鯨魚。」

冬原一本正經地回答。

「潛艇像鯨魚的說法實在太犀利了，對潛艇水手而言，簡直是致命一擊啊！」

那句話只是聰子的無心之言，沒想到卻正中冬原的紅心。

看來他非常熱愛自己的潛水艇。聰子也喜歡這股隱藏在輕佻性格之下的熱情。

「要是讓妳和其他人說上話，競爭率鐵定暴漲，所以我才急著帶妳走人。更何況今天還有個強敵在。」

自然而然就知道他所指何人，聊天中這個人的名字也出現好幾次。

「是那個夏先生嗎？」

「……妳怎麼知道？」

「咦？因為我覺得你好像對他另眼相看。」

冬原說起他時，語氣中總是流露著以友為傲之情；不過聰子猜測冬原應該不願承認，所以就沒說出來。

「妳在這方面也很犀利啊！和這種女孩交往可不輕鬆。」

「你也不是為了輕鬆才想交往的吧？」

「哇！您說得是。」

冬原縮了縮脖子。

「那要怎麼辦？需要時間考慮嗎？」

「不需要。」聰子毫不猶豫，立刻回答，隨即又補充說明：「——要是拒絕了，我鐵定會後悔一輩子。」

說一輩子或許太過誇張，不過這正是聰子此時的心情寫照。管他客不客觀，難得談場戀愛，沉浸一下又何妨？

天亮以後，冬原便跟著聰子回家，兩人一齊倒頭大睡，過了中午才醒來。熬夜聊天聊到體力耗盡，更像是蠢學生才幹得出來的事。

不過聰子學生時代反而沒談過這種戀愛。學生時代的戀愛不是太過緊張，就是勉強自己去遷就對方。

這次的交往對象是史上罕見的高檔貨，卻是聰子感到最為放鬆的一次。這種特殊的感覺也很美好。

「唉，真沒想到會被妳拔得頭籌。」

擔任幹事的朋友事後說道：

「聽我叔叔說，冬原先生真的是純當招牌用的。他本人個性比較冷淡，聯誼時帶女生開溜可是破天荒的奇觀呢！」

被這種人強行帶走的感覺如何？惠美看熱鬧的心態一覽無遺。聰子苦笑道：

「很平常啊！就和平常一樣說話，和平常一樣做些蠢事。除了長得帥以外，其實他很普通的。」

「長得帥就已經很不普通啦！妳少得意忘形喔！」

惠美賊笑：

「不過看你們發展順利，我也很欣慰。今後可能會很辛苦，妳要加油喔！」

惠美如此鼓勵之時，聰子還感受不到任何辛苦之處。

冬原的潛艇母港位於橫須賀，只要搭JR就能直達聰子住處附近的車站；除了輪班日以外，假日都能見面。冬原偶爾也會申請外宿，留在聰子家過夜。

冬原依然常參加聯誼當招牌，不過他從不對聰子隱瞞，可見沒做過任何有愧於聰子的事。自衛官大多不擅長與女人相處，冬原這種緩和氣氛的角色相當可貴。奉長官之命參加聯誼聽來奇妙，不過聰子在初見面時便已見識過冬原的手段，倒也可以理解。

平日也可以打電話。冬原的工作是三班制，聽子不知道他排哪班，不能主動打電話；不過每當聽子開始想念冬原時，冬原便會來電。

聽子不知冬原是摸清了她的心思，或是正好在同一個時候想念起她，才打電話來；無論何者，都代表冬原惦記著她，這一點讓她很高興。

聽子打電話時，若是「您撥的號碼沒有回應，將轉接至語音信箱……」，就代表冬原正在值班。

這就像用鋁箔紙包住手機；潛水艇就是鋁箔紙，在船裡收不到任何訊號。

手機不能打也就算了，船上居然沒有電話，教聽子大為驚訝。

「現在就連渡輪也有船上電話耶！」

「軍艦的配備當然和民船不一樣啊！」

軍艦。聽見這兩個字，聽子才猛省過來。這個人是現代日本社會的軍人啊！

「有急事聯絡的時候該怎麼辦？」

「家屬可以透過總監部用無線電聯絡。有一回航海時，還接到隊員的孩子出生的消息咧！如果是一等親發生不幸，可以就近靠港，放隊員下船。」

還真辛苦啊！聽子附和著，冬原也點了點頭，帶著苦笑說了聲：「對不起。」當時的聽子聽了這句沒頭沒腦的道歉，只覺得莫名其妙。

就在聽子的稱呼從「冬原先生」轉變為「春」的時候，她總算明白這陣子能如此幸福美滿的理由為何了。

「我們的船底盤有點問題，這幾個月一直在船塢進進出出，就算出港也只在近海晃個幾天，觀察狀況。」

說著，冬原走到已成了他專用席的床前，拿起他最愛的布偶把玩。

「喂，別拿它當枕頭啦！它的肚子都留下你的頭形了！」

「咦？聽子沒聽見嗎？妳聽，它正在說：『小春，累了可以在我的肚皮上睡覺覺喔！』這孩子心地真善良啊！」

「它根本沒說話！不要說謊說得像呼吸一樣輕鬆！」

冬原毫不在意，用力抱緊小熊布偶。

「所以啦，既然潛艇的底盤已經修好了……」

冬原依舊只顧著蹂躪小熊，完全不看聽子一眼。

「也該重新考慮我們的關係了。」

呃。

這句話是什麼意思？

重新考慮我們的關係？要考慮什麼？

「哇！慢著！哪有人說哭就哭的？」

冬原連忙丟下小熊，朝聽子探出身子。

聽子話不成聲，除了哭還能怎麼辦？

「……你還不是一樣？」
哪有人像平時一樣一邊說笑，一邊提分手的？
「我沒說！我沒說要分手啊！」
拜託妳別一下子就導出這麼可怕的結論來！冬原以苦澀的聲音喃喃說道，拿起手邊的毛巾替聰子擦拭眼角。那是昨天聰子擦完頭髮擱著沒洗的毛巾，不過在這種狀況之下，她也說不出口，只得自認活該，乖乖地任冬原拭淚。
「『重新考慮我們的關係』這句話，除了分手還能怎麼解釋？」
「要考慮的不是我，是妳。」
我有什麼好考慮的？我那麼喜歡你，和你在一起那麼快樂，那麼自在。
「你憑什麼要我重新考慮啊？」
聰子逼問，但聲音卻是有氣無力。
「唔，因為潛艇修好了。」
這兩件事有什麼關係？
「今後的日子，或許會變得愛越深，愈是痛苦。」
為什麼？
「簡單地說，以後我們就變成遠距離戀愛，而且是很辛苦的那種版本。以後我長期出海的機會將變得更多。」
「我知道啊！」

之前能夠常常見面才是特例。冬原提起這個話題時，聽子便已經明白這件事了，也知道他們以後不能像現在這樣時常相見。

聽子原以為冬原所屬的部門不必長期出海，聽到那番話時不由得大失所望；但即使如此，她也從沒想過要分手。

「你憑什麼衡量我的感情？」

既然今後無法像現在一樣時常見面，那就乾脆分手吧——聽子一想到自己的感情居然被衡量得如此輕微，就覺得懊惱不已。

聽子不敢誇口說自己不會因相隔兩地而變心，也不知道「很辛苦的那種版本」究竟有多辛苦；但至少以她現在對冬原的感情之深，斷不會因為這件事而打退堂鼓。

我不知道自己捱不捱得住兩地相思之苦，但至少現在的我絕不會連試都不試就放棄。別擅自衡量我的感情，擅自作結！

「對不起。」

冬原輕輕抱住聽子。

「我這麼說，讓妳覺得我是在衡量妳的感情嗎？」

這時候聽子才恍然大悟。或許冬原也感到不安吧！

「……沒問題的。」

聽子輕輕拍著冬原的背。

「我不知道有多『辛苦』，不過我願意忍耐。」

「我愛極了妳在這種時候不說『能夠忍耐』，而說『願意忍耐』這一點。」

冬原的手臂束得更緊了些。沉默片刻以後，他又說道：

「不過，如果妳無法再忍了，就算當時聯絡不上我，妳想分手的那一刻就是我們分手的時刻。」

回覆聰子條件的時候，不以「不願再忍」，而是以「無法再忍」為前提，正是冬原細心之處。

從那天起還不到一星期，冬原便突然斷了音訊，電話只是不斷地重複：「您撥的號碼沒有回應，將轉接至語音信箱。」

正當聰子開始確信這是世上最可恨的訊息之際，手機傳來一通「無法顯示號碼」的神祕電話。她頭一次接到這種來電，戰戰兢兢卻又抱著些許期待，按下了通話鍵；果不其然，是睽違兩個月的冬原。通話狀態很不穩定，兩人只說了幾句「近來好嗎？」、「那就好」，確認彼此平安之後，電話便斷了線。

事後聰子調查之下，才知道海外打來的電話會出現「無法顯示號碼」的訊息。聰子突然覺得好累。兩個月沒見面，好不容易說上一、兩句話，沒想到對方竟然不在國內，不知他幾時才能回來？原來如此，這的確很辛苦。

之後冬原並未再度來電，又過了一個月，兩人才重逢。潛艇靠港兩星期，但冬原只來過夜一次，而這一次也是他們唯一見著的一次面。不久後冬原又斷了音訊，想必是出海了。

接下來的情路也是坎坷崎嶇。

潛水艇的航海行程屬於軍事機密，出航日及預定靠港日都不能對外人透露；據說連家屬都不知道航海行程，更何況聰子只是女朋友？

一旦斷了音訊，下回不知何月何日才能相見；最短也要一個月，至於兩、三個月更是家常便飯。

而這段期間之內完全無法聯絡。換作水上船艦，偶爾還能接收到陸地上的訊號；但是潛水艇基本上都是潛航，能用手機的時機遠少於水上船艦。就算電話奇蹟式地接通，沒一會兒又要斷線，所以他們自然而然地改用簡訊聯絡。

雪上加霜的是，冬原的簡訊裡沒有半分情侶之間的濃情蜜意。「近來好嗎？我過得很好。」苦等數月，等來的簡訊只有這種內容，真是越看越悶。聰子每封簡訊都能打上幾十行，為何冬原的簡訊卻如此淡泊？這是感情的差異？或是感情分量的差距？

Q．你的簡訊內容太過簡潔，我看了覺得好寂寞，能否設法改進？

A．我從前沒有寫信的習慣，對不起。我會努力改進。

經過談判之後，冬原改進成至少打三行字，不過內容卻是：「近來好嗎？我過得很好。」＋「今天晚餐吃咖哩。」聰子險些回他一句：又不是小學生寫日記！見面時話那麼多，為何打起簡訊來落差這麼大？

而最後的障礙則是——聰子周遭的人可不體諒她的遠距離苦戀。

聰子被不該看上的人看上了。這是發生在職場的事。

聰子上班的貿易公司是個父親當執行長、母親當總經理的家族企業，員工有百餘人規模；而原先在其他公司上班的兒子最近回到公司裡來。

他是個典型的紈褲子弟，說得好聽一點是從容自若，說得難聽一點是昏庸愚昧，說得直截了當一點呢，則是有夠煩人。他的態度並不特別惡劣，外貌也不特別醜惡，卻能在短短一星期內被同一個課裡的所有女性職員討厭，說來也是一種才能。

「我受不了了！」

聰子剛走進茶水間，就看見同期進公司的田口連踹牆壁好幾下。

「中峯，我跟妳說！我今天已經重打了那個蠢少爺的文件十四次！十四次耶！」

「辛苦妳了……」

享有十指神功及神速打字王等美譽的田口素以電腦作業的迅速正確聞名，即使是寫得再潦草的草稿，她也能夠正確解讀、校正，趕在期限之內打成書面文件，功力在公司之內無人能及。

如此了得的田口居然重打了十四次，公司裡的人都明白問題不在她。

「這裡的數字從全形改成半形，不，還是全形好了。這裡的標點符號去掉，框線弄粗一點，不，還是細的比較好看，妳改回來。用雙線看起來好像比較帥……就這樣害我改了十四次！而且妳知道他做的文件是什麼嗎？高爾夫球聯誼賽的通知書！而且還是發給公司內的版本！不過一張Ａ４紙就花掉四個小時！這樣就能領經理的薪水，我也想當經理了！白癡、白癡、白——癡！」

看來少爺傳奇又增添了一頁啊！聰子一面苦笑，一面泡咖啡。這個公司作風老派，女性職員還是得負責倒茶打掃。

「啊，這是要端出去的嗎？少爺的是哪一杯？」

田口一面說著，一面拿起廚房洗潔劑。

「等等！再怎麼樣也不能下毒啊！再說，別在別人當班時策畫這種陰謀好不好？」

「呿！」

田口滿臉遺憾地放下洗潔劑，似乎不是開玩笑。

「所以他現在指名妳去啦！茶我來端就好，妳快過去吧！弄到一半的文件放在少爺夾裡面。」

又來了？聰子不由自主地嘆口氣，田口則是滿心同情地說道：

「看來妳是不幸被他看上了。」

「不幸」。確實是「不幸」。

即使上司再怎麼天怒人怨，也不能所有人一起漠視他，更何況他是這間公司的小開？最後總得有人去幫他一把。聰子和上司鬧得不愉快時，總會告訴自己「當作是向錢低頭，就不氣了」；也因為她這種性子使然，通常都是由她出面收拾殘局，最後便落得不幸被少爺看上的下場。

聰子回到辦公桌前，打開田口「弄到一半」的文件，顯示出來的內容極為完美，也不知少爺究竟是哪裡不滿意？少爺的文件有太多無謂的修正，往往會弄出十幾二十版來，為了與其他文件區隔，便專門做了一個資料夾，就是俗稱的「少爺夾」；「高爾夫球聯誼賽 1.01」至「1.14」檔案（若是在檔名前加「新」字，之後就會變成「新新」、「新新新」、「新新新新（以下省略）」，沒完沒了）就放在少爺夾中。

「啊！中峯小姐！」

眼尖的少爺一見聽子回座位，便立刻靠過來。假如只看那欣喜的笑容，感覺上人倒也還不壞。

「聽說有文件要修正？」

「嗯，對，沒錯。田口小姐也很用心了，不過小錯誤實在太多，還是得請中峯小姐幫忙才行。」

居然怪到別人頭上來了。幸好田口還沒回來，要是讓她聽見，不從茶水間裡拿出菜刀來才怪。

聽子很想諷刺他幾句，不過一想到說越多就得和他牽扯越久，便打消念頭。再說他畢竟是小開，惹他生氣只是自找麻煩。

「妳先把目前的版本全部列印出來，我再仔細比較。」

不過是一張A4大小的高爾夫球聯誼賽通知書，用得著這麼大費周章嗎？再說，光為了比較內容，居然要列印十四張紙；看來總經理節省經費的訓示似乎沒傳到兒子耳裡。

看來得加班兩小時了。這是和少爺一起工作的標準加班時間。若是碰上週末，有男朋友的人可就為難了；不過聰子的對象通常不在陸地上，可以慢慢陪少爺磨。就這一點而言，聰子也是最適合替少爺擦屁股的人。

只要同事開始哭訴下班後有約，少爺的工作卻做不完，聰子便會幫忙接手。同一課的女性職員全都有男友，有空約會的日期時間也大同小異；由男友不在身邊的聰子接手，可說是最為妥當的選擇。

聰子明明也有男友，卻能毫無顧慮地替人加班，說來也挺淒涼的。

這一天，聰子果然加了兩個多小時的班。

中峯小姐有男朋友嗎？

好像有。

可是感覺不出來啊！任何時候找她加班都沒問題。會不會她只是嘴上這麼說，其實並沒有男朋友？

她沒事幹嘛撒這種謊？

因為我們課裡的女生都有男友啊！或許她覺得只有自己沒男友很沒面子，所以才說謊。

「……剛才蠢少爺和我說了這些話。」

田口一臉凝重地告訴聰子。她們目前正位於公司附近的午餐專用店裡。

「我居然沒當場扁他，實在是太了不起了。」

「嗯，很了不起。」

「喂，妳現在還有心情稱讚我？」

妳打算怎麼辦？田中恢復正經的神色。

「那傢伙打算追妳耶！也不想想他大了妳幾歲。」

少爺今年應該是三十七、八歲，和聽子差了十三、四歲。聽子不認為年齡差距是戀愛的障礙，不過對象是少爺的話，根本不用考慮。

「算了啦……反正我沒那個意思，他也不能怎麼樣啊！我會適當地敷衍一下的。」

話說回來，那句「覺得只有自己沒男友很沒面子，所以才說謊」實在很傷人。聽子明明正和心上人交往，為何得被質疑是否真有男友？而且還硬套了個沒面子才撒謊的無聊理由在她身上。

說來湊巧，田口才剛警告過，當天少爺就問了她同樣的問題。少爺是在已成慣例的加班時間開口的。最近他老是找名目指名聽子，害她每天都得加班。

「中峯小姐，妳有男朋友嗎？」

來了。聽子早做好萬全準備，立刻回答：

「有啊！」

聽子不得不承認她的語調帶了點攻擊性。

「可是感覺不出來啊！任何時候找妳加班，妳都沒問題。」

別再說下去了。聽子表露出明顯的排斥感，但少爺並不具備察言觀色的技能。

「其實妳根本沒有男朋友吧？」

我說有你是聽不懂嗎？去死吧白癡！幸好聰子的怒吼只停留在幻想之中。

「我正在和心上人交往啊！只是他因為工作關係，不能常和我見面。」

聰子無意把冬原的身分告訴這種人。自衛官兼潛艇水手，這種行業已經夠惹人好奇了。少爺追問，聰子便隨口敷衍，打發過去。

好不容易逃過一劫，到了隔天，聰子卻從田口的口中得知少爺下了個結論：聰子說有男友是騙人的。

因為我問她男友的事，她都不說啊！還說什麼因為工作關係不常見面，聽起來就很假。

你怎麼不覺得是人家根本不想告訴你？

假如不是騙人，就是交往得不順利，快分手了。

要你多管閒事？聰子嘴上罵得鏗鏘有力，心裡卻有點洩氣。

不但不常見面，就連簡訊都是一個月難得有一封。聰子自己也沒把握和冬原是否還算在交往。

我仍然是春的女友嗎？春還喜歡我嗎？

我打的簡訊每次都長到快擠不下，但他打的簡訊卻總是只有三行。這一點令聰子不斷懷疑他們兩人的用情深度是否不同。還有苦等聯絡的時間太長，也是個問題。春下次入港是什麼時候？入港時會不會聯絡我？說不定他對我的感情已經轉淡，開始嫌麻煩了？就算他的心境有所轉變，我也無從得知啊！

不安就像幽靈的數目一樣，越數越多。

正因為聰子平時老是胡思亂想，才會發生那種事。

隔了一個月重逢，和上次相比已經快上許多，照理說應該很開心的，誰知居然敗在最後一刻。

前來過夜的冬原開始收拾行李，準備歸隊；聰子又一如往常地抱怨道：

「唉！又結束啦！不知下次何時才能見面？」

「對不起。」

面對無法回答的問題，冬原的臉上並無不耐煩的神色，只是略帶為難地笑著。

「假如知道得等多久，至少心裡會輕鬆一點啊！」

明明知道責備他無濟於事，聰子卻停不住無謂的抱怨。

接下來這句話更是決定性的錯誤。

「假如你是個普通的上班族就好了。」

當時冬原的表情，聰子一輩子都忘不了。他顯得非常非常非常地——傷心。

「……這麼說不就等於否定我們相識的前提？」

你不覺得潛水艇像鯨魚嗎？這句話就是他們墜入情網的契機。假如冬原是個普通的上班族，這樣的契機根本不會發生。

對不起。聰子無聲地輕喃。我為什麼會說這種話——聰子深深詛咒自己的不小心，但說出的話已經收不回來了。

如今她能說的話只有一句：

「對不起，我以後絕不會再說這種話了。」

「嗯。」

冬原也只是簡短地如此答道。

在尷尬的氣氛之下，冬原收拾好行李，一如往常地在玄關簡短地說了聲「再見」，並輕輕吻別聰子。正當聰子慶幸一切依舊如昔的時候——

「還記得我們的約定嗎？」

冬原喃喃說道：

「妳隨時可以分手。」

聰子反射性地全力大叫，但聽在自己的耳裡卻只是慘叫，所以她又重複了一次。

「我不要！」

這話就像是在耍賴一般。淚水一口氣決堤，模糊了冬原的身影。

冬原一言不發，輕輕摸了摸聰子的頭之後，便離開聰子家。

對不起對不起對不起。

我喜歡騎著鯨魚的春，因為我認識的春就是騎著鯨魚的春。

如果是面對面，聽子還能化衝動為動力，說出這些羞死人的臺詞；然而當她用手機一字一句地打文章時，恢復冷靜的自己便又擋在跟前把關。

最後她打出來的，終究是「一路小心，保重身體」這類不痛不癢的話語。

冬原也回了封不痛不癢的簡訊：「我會的，妳也要保重身體。」接著杳無信息的日子又開始了。

欸，我們和好了吧？（似乎不算）你已經原諒我了吧？（不知道，說不定他還在生氣）那件事不等於分手吧？（還是不知道）我們不會就此曲終人散吧？（我沒把握，誰教我傷他那麼深？）

心中忐忑不安卻只能等待的日子很苦，偏偏雪上加霜，連公司裡都多了個苦差事。

少爺轉調營業部門，而每個營業員都有一名女性助理，所以少爺也順理成章地指名聽子當他的助理。

聽子與成了直屬上司的少爺一對一接觸之後，才發現他是個相當惡質的暴君；只要事情不如己意，他馬上使起性子來，並發洩在聽子身上。即使在客戶面前，他也絲毫不掩飾自己的不快之色，所以每當拜訪客戶或是客戶來訪時，聽子總要費盡心思打圓場，弄得自己神經衰弱。

這麼一來，聽子只好以別觸怒少爺為最優先事項，縱使是共進晚餐等顯然與工作無關的命令，她也只能乖乖遵從。

自從成為少爺的助理以後，聰子的薪水之中便多了一份其他女職員所不知情的神祕津貼，看來便是出於這個緣故。每當少爺捅婁子，聰子就得被執行長和總經理叫去訓話。

「妳要好好處理啊！」就是為了要妳替他擦屁股，才替妳加薪的。有蠢子必有蠢父，眼前的就是標準範本。抱歉，替你們的蠢兒子擦屁股，只領兩萬圓津貼根本划不來。你們期待一個三流二專畢業的女人能有什麼本領？

聰子任職行政人員的時候，可以向同事抱怨，或在下班後找些樂子，發洩怨氣；但自從轉調營業部門之後，這些機會就大為減少了。營業助理下班的時間都很晚，鮮少相邀聚餐；就算想找人訴苦，每個營業員都是各行其事，根本沒有交集點。聰子好懷念田口的毒舌。

非但如此，老闆夫婦也開始明目張膽地偏袒兒子。自創業以來一直為公司賣命的元老級高階主管不過是糾正了一下少爺的工作態度，居然就被解雇了；這件事震撼了公司上下。

現在沒人敢招惹少爺。這正是二世祖敗壞家業的典型構圖，有些耳聰目明的員工已經開始準備換工作了。

負責駕馭這個棘手人物的人就是聰子。老實說，一想到自己竟有本事操縱這個紈褲子弟，聰子開始覺得她應該也能勝任大公司的祕書職位；有時電視上播放搭配著輕快音樂的人力公司廣告，她便目不轉睛地盯著螢幕，等回過神來才發現自己居然看得如此認真。

少爺雖然把聰子當出氣筒，但「追求」聰子的心意似乎未變；拜訪客戶後直接下班，要聰子陪他吃晚餐的頻率越來越高。少爺嘴上說他請客，但結帳時一定會以公司名義拿收據，這種斤斤計較的小氣態度讓聰子厭煩至極。連追求女性職員的開銷都可以報公費？當小開還真是穩賺不賠啊！偶爾自掏腰包一次行不行？

「其實妳沒有男朋友吧？」

「我有。」

這類對話如今已成了雞同鴨講，各說各話。縱使聽子顯露出厭煩之色，少爺依舊不以為意，一再追問。這世上就是有些不挨揍就不知道自己有多惹人嫌的人，但這些人偏偏處在揍不得的地位。

「那就給我看他的照片啊！」

別鬧了，我幹嘛拿男友的照片給你這種人看啊？我可沒義務向上司公開我的私生活。

或許讓少爺看了照片，便能擺脫他的糾纏；但聽子總覺得這麼做便如同玷汙自己的寶物。她在離別的前一刻傷害了冬原，不願在冬原不知情的狀況下對這種爛人揭露他的廬山真面目。

日復一日，聽子越來越難以忍受。

「我根本不想繼承老爸的事業！本來我是想當宇宙開發技術員的！」

「可是你數理根本不行啊！」

別吵了，很丟人！沒這麼大叫出聲，聽子已經很佩服自己了。辦公室設置於便宜的住商混合大樓裡，就算門關起來，外面還是聽得見老闆一家三口在執行長室中的吵架聲；想當然耳，只用便宜隔板圍起來的接待室裡也聽得一清二楚。偏偏少爺的客戶總挑在這種時候來訪，聽子每回上茶時都覺得羞愧不已，恨不得挖個地洞鑽進去。

好嚇人啊！客戶半帶失笑的咕噥聲中顯然帶有輕視之意。會在拜訪他人公司時顯露這種態度的客戶水準可想而知，不過聰子卻得被歸類於水準更低的一方，教她欲哭無淚。誰教聰子是這兒的員工，而上司又是那種人呢？

這種時候通常是高階主管出面提醒，卻沒半個人走進執行長室，人人對爭吵聲置若罔聞。先前高階主管糾正少爺而慘遭開除的記憶猶新，還有誰敢犯顏直諫？聰子當然也不敢。反正這家公司的水準就只有如此，員工的水準也只有如此，包含聰子亦然。

結果這場親子吵架以總經理的一句「只考得上ＸＸ那種水準的學校，還敢說什麼大話！」而收場。少爺的母校在一般人眼中已經算得上是一流大學，在執行長口中卻是不值得一提。

你也挺可憐的。要是我考上你的母校，我爸媽早就敲鑼打鼓昭告天下了，你爸媽卻是一句「那種水準」就帶過。你該生在我們「這種水準」的家庭。

少爺並不知道聰子暗自憐憫他，卻像是欲報一箭之仇似地在客戶面前罵她出氣。

自小被灌輸這種觀念的少爺或許可憐，但現在根本不是同情他的時候。被拿來當出氣筒的自己比他更可憐。

壓力這種玩意兒，便是從高處往低處流，流到弱者身上。

好想念春，至少聽聽他的聲音也好。

聰子明知打不通，卻還是打了冬原的手機號碼好幾次。

或許冬原的潛艇正奇蹟式地浮在近海上，而冬原也剛好拿著手機上了甲板。
倘若是連續劇，這時候便會發生奇蹟；但現實卻是枯燥無味、殘酷無情，不可能的事就是不可能。
正當此時，聰子期待已久的簡訊總算出現了；在那尷尬離別後的兩個月，附上了冬天漁火的照片。
聰子覺得這回的簡訊似乎隔得特別久。
換作平時，她只會認為是航海行程所致，但現在卻不由得疑神疑鬼。欸，我們還能繼續走下去吧？

近來好嗎？
浮上水面，看見漁火很美，拍下來寄給妳。
春天還很遠，小心別感冒了。

這淡淡的三行字不足以驅散聰子的愧疚與不安。
她的思考開始轉向負面，但她奮力打住了念頭。
若是再這麼胡思亂想下去，只怕最後會冒出一些不該有的傻念頭。
她已經決定了，絕不再犯同樣的錯誤。
——絕不再有「如果春不是潛艇水手就好了」的念頭。

春天還很遠。

＊

又過了兩個月，來到了四月。

橫須賀發生一場大騷動，連自衛隊都出動救災了。電視畫面上的橫須賀就像災難片一樣慘不忍睹，據說死者已達數百人，說不定會破千。

這場變故對聰子造成的直接影響，只有神奈川方面業務活動有所不便及電車班次的變化；不過某艘潛艇在橫須賀港觸礁動彈不得的新聞，卻讓聰子有些掛懷。

該不會是春的潛艇吧？聰子才擔心著，久未來電的惠美便打了電話來。

她說她的叔叔在橫須賀事件之中過世了。她的叔叔正是冬原的艦長。

春呢？

聽惠美哭得那麼傷心，聰子不好開口詢問；就在她結結巴巴之際，惠美主動提及了。

「聽說船員幾乎都平安避難了，不過有幾個人被困在潛艇裡；我不知道冬原先生人在哪一邊，對不起。」

說什麼對不起？

「謝謝妳，在這麼難過的時候還特地通知我。」

說再多謝謝也不足以表達聰子對朋友這份厚意的感激之情。

「聽說你人在橫須賀，你沒事吧？」
聽子發了封簡訊，但冬原並沒聯絡她。是因為狀況太過混亂？還是他已經不在乎我了，所以沒聯絡？聽子好厭惡在這種時候自己還操這種心。
聽子怕造成冬原的困擾，不敢再發簡訊。就算她再怎麼不安，也沒蠢到不懂得看情況。
聽子每天都緊追著報導不放，不但預錄新聞，每天早上還在車站買齊各大報，趁著上班前的些微時間拚命檢查報紙上有無潛艇水手死亡的消息，完全不顧同事訝異的眼光。
在橫須賀港觸礁的潛水艇叫做「霧潮號」。意外得知冬原乘坐的潛艇名稱之後，聽子才發覺冬原從未告訴她任何足以猜出他是乘坐哪艘潛艇的資訊。
聽子對軍事沒有半點知識和興趣，就算告訴她艦名也不致於洩漏機密，但冬原還是謹守公私之分。或許冬原對工作的態度比聽子所想的更加一絲不苟。
我的鯨魚騎士，一板一眼的鯨魚騎士。
你可千萬要平安無事啊！
如果可以，聽子真想整天守在電視前，但她總不能一直請病假，直到事件解決。她在公司仍然得看少爺的臉色，同時又得擔心可能身處事件中心的男友。現實便是如此無情。
六天之後，事件總算解決了。
聽子原以為事件解決之後，冬原就會聯絡她；沒想到那天依舊沒有任何音訊。

事件尚未解決之時，聽子只須擔心冬原的安危就好；但事件一旦解決，過去封印於理性之下的無聊擔憂便一口氣爆發出來了。

為什麼事情已經結束了，還不聯絡我？春已經不想理我了嗎？離別前的那一場爭執果然成了我們之間的致命傷嗎？

今晚打電話給他吧！事件已經解決了，我只是打個電話確認他的安危，應該不致於造成他的困擾。聽子下定決心的這一天，少爺又宣布傍晚跑完業務之後不回公司，直接下班。

「我今天想早點回家。」

聽子試圖反抗，但少爺又立刻發起脾氣來，她只得乖乖答應陪他吃晚飯。

「啊，時間很晚了。」

受到橫須賀事件影響，神奈川往東京都內一帶面臨前所未有的大塞車，開車跑業務總會拖得很晚。聽子本以為時間已這麼晚，應該可以免赴晚餐之約，沒想到還是得奉陪到底。

我到底算什麼？這個中年人的下女嗎？

假如是找間家常餐廳速戰速決也就罷了，偏偏少爺卻選擇上高級餐廳享用最花時間的全餐料理。

太晚打電話給冬原，會造成他的困擾。冬原在隊員宿舍裡可是過著團體生活啊！

聽子心急如焚，卻只能耐著性子等待料理上完，結果離開餐廳時已經是十一點多了。她忍不住嘆了口氣。今天電話是打不成了，只能等到明天。至少發封簡訊好了。

少爺表示時間已經很晚，要送聽子一程；聽子見電車班次仍然混亂，便同意了。她原以為只要在住處附近的車站下車即可，但事實證明她太過天真了。

「假如妳沒有男友，就和我交往吧！」

「我有男朋友了。」

為何我得和少爺坐在公務車裡雞同鴨講？

「其實妳根本沒男友吧？妳從沒說過有約會，想準時下班啊！」

少爺那自作聰明的表情教聰子想吐。

假如我真的沒男友還硬對你說有，那就表示我根本不想和你交往。我可以對這個白癡挑明這一點嗎？

聰子真想回敬他一句：「就算沒男友，我也從沒把你當男人看待過。」不過一思及糾正少爺而被炒魷魚的高階主管，她便開不了口。

「您究竟喜歡我哪一點？」

聰子不想再爭論下去，便問了這個問題。少爺天真無邪地笑了。

「妳不像其他女性職員那麼跩，而且又不會反抗我。」

哇！好差勁！而他完全不知道自己有多差勁，更是他最差勁的一點。

我沒反抗你，是因為我領了那兩萬圓的神祕津貼；至於還沒領津貼之前，則是因為我認為別和白癡對槓才是最明智的作法。

早知會變成如此，我就像田口一樣口無遮攔、暢所欲言了。

「總之我有男友了。失陪了。」

聽子硬生生地打斷話頭，跳下車。

「等等！」

少爺也跟著下車，邁開腳步追上聽子。說不定我拿「跟蹤狂規制法」告他能勝訴呢！

少爺不斷呼喚著聽子，聽子除了「已經很晚了」、「我累了」以外什麼也不說，只是自顧自地走回家。她居住的公寓用的是密碼式大門，只要逃進大門內就安全了。讓少爺知道聽子住哪兒是個大問題，不過聽子已經下定決心，若是他日後膽敢到住處糾纏，便要抱著辭職的覺悟去報警。獨居在外，一旦丟掉工作，生活便會拮据許多，但她也顧不得那麼多了。

公寓就近在眼前，聽子忍不住小跑步起來。一衝進玄關門廊，突然傳來一股前所未聞的異臭。

像油臭味、像菸味，又像汗臭味，也像男人的體味。

咦？什麼味道？聽子不由得停下腳步，才發現有人坐在籬笆之下。

「回來啦？星期六還得上班到這麼晚，辛苦妳了。」

一臉疲憊地抬頭望著聽子的人，正是冬原。異臭的來源也是冬原。

哦！這麼一提，冬原曾說過潛水艇內密不透氣，所以剛下潛艇的人身上總會充滿強烈的臭味。

「對不起，沒先打理一下就跑來。出了一點事情，所以我下潛艇以後就直接來找妳。」

起身後的冬原頭髮也顯得油油塌塌的，不過還是衣服上的臭味最為驚人。在長期航海的過程之中，潛水艇的臭味已經滲透衣服。

少爺也追了上來，踏入門廊。

「中峯！」

他一面呼喚聽子，一面靠近；只見他似乎也察覺到臭味，一臉訝異地交互打量著聽子及冬原。

冬原也默默無語地凝視著少爺，隨即又望著聽子說道：

「哦……對不起。」

「……傻瓜！」

冬原欲離去，聽子從正面用力抱住他，抱住以後才覺得有點後悔，因為鼻子快廢了。不過——

「為什麼是你走啊！」

聽子低聲說道，冬原露出苦笑。

「……唉呀，妳的衣服會染上臭味喔！」

「沒關係。」

其實有關係，不過聽子依然將臉龐埋在冬原的胸前，沒有離開。俗話說得好，一不做二不休。

冬原輕輕地用手臂環住聽子的背部。

「對不起，我不知道你是哪位，不過能請你別打擾我們嗎？我們已經四個月沒見面了。」

只聽見幾聲倉皇失措的「哦，嗯」，緊接著便是一陣逐漸遠去的腳步聲。待腳步聲完全消失——

「抱歉，我撐不住了！」

聽子立刻從冬原身邊跳開。

「哇！妳也不用閃得這麼明顯吧？」

「真的太毒了嘛！雖然我聽你說過，但沒想到這麼厲害。我還是頭一次聞到能熏眼的臭味。」

「那當然啦！搭電車的時候，半徑五公尺內可是無人敢靠近啊！真沒想到妳居然敢在這種狀態之下抱住我。」

千鈞一髮之際王子英勇登場，的確是很戲劇化；不過渾身散發異臭的王子可就不怎麼戲劇化了。不知道下週到了公司，又會被少爺說得多難聽。

不過這下子正好證明她的確有男友，一點兒逆風也算不了什麼了。

一回到家，聽子便趕冬原進浴室，把他所穿的衣物全都丟進洗衣機。

「啊！聽子，妳的衣服不分開洗會沾上臭味喔！」

從浴室裡傳出冬原一派輕鬆的聲音，說得好像無關己事。

「早點說嘛！」

聽子連忙把自己的衣物從洗衣槽中拉出來。

「你有帶換洗衣物嗎？」

「沒有。上次我不是留了套休閒服在這兒？」

「休閒服是有，可是沒內褲啊！我這就去買。」

便利商店就在公寓旁，聰子套了件針織外套便出去了。少的只有內褲，不過光拿內褲去櫃檯結帳有點奇怪，所以她又多買了飯糰及零食。或許冬原會想吃。

雖然男用內褲是放在籃子裡，上頭還有飯糰及零食掩護，但聰子仍覺得難為情，硬是等到櫃檯沒有其他客人時才去結帳，大約花了十分鐘才回到家。

「還不到十分鐘，你已經出來了？」

聰子的聲音近乎慘叫。

「你真的有洗嗎？」

「有啦！自衛官洗澡很快，妳也知道吧？」

「可是你剛才那麼臭耶！」

「唉呀！妳真的很囉唆耶！妳自己聞。」

冬原將腦袋湊近聰子，他的髮絲帶著聰子使用的洗髮精香味。勉強及格。聰子將內褲遞給他，又從衣櫃裡拿出休閒服。

聰子也去沖了個澡，待衣服洗完之後，已經過了將近一小時。這明明該是場戲劇性的重逢，卻一點也不戲劇。冬原也自顧自地吃著聰子買來當掩護的食物。

「明天應該就會乾了。」

「謝謝。對不起，突然跑來。」

兩人的對話像極了散文。才剛處理過現實中的瑣事，很難再回過頭去沉浸於浪漫的氣氛之中。

「之前你人在橫須賀，對吧？」

「啊？原來妳知道了啊？」

「我聽惠美說的。我有傳簡訊問你是否平安……」

「咦？不會吧！」

冬原慌慌張張地拿出手機，查看簡訊。

「啊，真的有。對不起，既然妳都知道我在橫須賀了，我該聯絡妳一聲才對。妳一定很擔心吧！」

這下子被妳知道我坐的是哪艘潛艇啦！冬原苦笑道。

「你放心，我知道不能說出去。」

「嗯，我相信妳。」

聞言，聰子流下淚來。

「哇！哪有人說哭就哭的啊！這次又是為了什麼？」

因為……

聰子斷斷續續地擠出聲音來：

「我說了那麼過分的話。」

假如你是個普通的上班族就好了——假如你不是潛艇水手就好了。

我說了這種話，你還肯相信我嗎？
「傻瓜，妳還惦記著這件事啊？」
冬原輕輕摸了摸聰子的頭，一如他上回離別時一樣。
「因為你臨走前居然說什麼我隨時可以分手啊！」
「這話我一開始就說過了啊！畢竟是我讓妳單方面等我，虧欠了妳；而且那時候妳似乎已經等得很累了。」
「那你呢？」
如果聰子等不下去了，隨時可以分手。冬原所說的全是遷就聰子、只為聰子著想的理論。
「如果你回來發現我已經另結新歡了，你完全無所謂嗎？」
冬原露出非常心痛的表情。
「無所謂到我隨時都可以分手是嗎？」
「怎麼可能無所謂？」
他恨恨地說道。
「……剛才那個人是誰？」
聰子一時之間不知道冬原問的是誰。少爺對她而言只是個無關緊要的存在，一趕走就忘得一乾二淨了。
「……哦，原來你在乎啊？」
「當然在乎啊！要是妳的新歡居然是那種貨色，我可會大受打擊。」

「他是個可能變成跟蹤狂的討厭上司，不過王子已經出面替我擊退他了，所以往後只會是個單純的討厭上司。」

冬原向聽子招了招手，待聽子靠近，便一把抱住她，卸下偽裝，安心地鬆了口氣。

「雖然我們當初交往的大前提，是妳等不下去可以隨時分手；不過我還是希望妳能等下去。假如妳不等了，我會很難過。」

啊！

這會兒可真的夠戲劇化了。

聽子伸手環住冬原的頸子代替回答，兩人的唇自然而然重疊了。

——聽子與冬原徹夜長談，說了許多話。

冬原來找聽子之前，向來會先把自己打理乾淨；這回他連澡也沒洗就來，是因為發生了許多令人難以承受的事。

冬原談起橫須賀的事，流下了男兒淚。這是他與聽子交往以來頭一次在她面前掉淚，強忍著聲音的哭法教人看了格外心痛。

聽子認識的冬原是個圓滑伶俐、表面溫和，實際上卻頑固不服輸的人；換句話說，他是個討厭在別人面前示弱的人。

冬原應該也不願意在聽子面前掉淚，但他還是來找聽子，並在她面前流下了眼淚，一面哭，一面強忍著不哭出聲。

這是種多麼彆扭的示弱法啊！冬原得用這麼彆扭的方法才能哭，可見他有多麼痛苦。

一思及此，聽子便百感交集。冬原對她展露最脆弱的一面，但她不過是個被公司裡的蠢上司耍得團團轉的窩囊女人，能成為冬原的支柱嗎？

到了收假歸隊的時候——

「你的心情好一點了嗎？」

面對聽子的詢問，冬原一如往常地吻了她一下，以嘶啞的聲音輕輕說道：「多虧有妳，好多了。」

聽說星期一將為過世的艦長舉辦葬禮。

「再見。」

冬原簡短地道別，聽子則回答：「我會等你的。」冬原聽了，露出十分欣喜的笑容後才離去。

新的一週來臨，等待著聽子的是一如往常的煩悶生活。

不過王子登場之後，狀況有了些許改善。少爺不再追問聽子男友的事，和她說話的次數也減少許多。對於他的現實，聽子只能苦笑。

如今聽子不用在跑完業務之後陪少爺吃飯，所以有空像從前一樣與田口聚餐了。

「欸！」

在暌違已久的餐會上，田口顯得有些難以啟齒地說道：

「少爺逢人就說妳的男友很臭耶！」

聽子忍不住噗嗤一笑。這是他報仇的方法？

「我記得妳說過他是自衛隊的人？」

「嗯，他是海自的水手，每次出航回來總是弄得髒兮兮的，有一次剛好在這種狀態之下碰到了少爺。」

聽子姑且替少爺留點情面，沒說出他糾纏到家門口的事。

「哦，原來是這樣啊！那以後有人提起，我就替妳這麼解釋了。」

「嗯，順便加上一句：『他很有男子氣概，長得又很帥。』」

「哇！妳真敢講耶！」

我的鯨魚騎士，完美的鯨魚騎士。

今天不知又游到了哪片未知的海洋？

不過現在聽子已經不覺得等待有那麼苦了。

Fin.

完工

＊

這是宮田繪里在K重工擔任航空設計師以來頭一次遭遇的危機。

K重工以總包商身分承攬航空自衛隊新世代運輸機的開發工程，為了聆聽客戶的需求，宮田繪里造訪了小牧基地，而事情正是發生在這一天。

雙方人員在每兩棟機庫各設一間的辦公室裡打過招呼之後，便要動身去參觀現行軍機。

「我帶各位到二號機庫去。」

負責帶路的隊員若無其事地打開門，年長的幹部們理所當然地走進門內。

繪里的上司及前輩也先後通過，繪里隨後跟上，卻猛然停住了腳步——這是什麼玩意兒啊？

繪里愣在原地，動彈不得；開門的隊員又催促她一聲：「請。」

「請……？可是……」

「這是通道。」

通你個頭啦！繪里內心大聲回嘴，然而縱使年齡相仿，她又豈能真的向衣領上別著少尉階級章的隊員（而且還是客戶）頂嘴？這是幹部級自衛官的最低階，即使對方再怎麼年輕，繪里也不敢失了禮數。

「這個，呃，真的是通道嗎？」

她做了垂死的掙扎。

「是啊！有什麼問題嗎？」

自我介紹時自稱為高科的少尉若無其事地答道。

有什麼問題嗎？問題可大了！

假如我的眼睛沒毛病，這不是通道，是男廁！

貼著磁磚的牆邊並排著小便池，更裡頭則是一間間的隔間。盡頭的牆上也有一道門，似乎連接著隔壁的機庫。

「呃，沒有其他通道嗎？」

「要走其他通道，得走出去繞一大圈才行。」

換句話說，穿過男廁是最近的捷徑，所以男廁才成了通道。

「妳跑得動嗎？」

一臉嚴肅的高科說起話來毫不留情。他的言下之意，便是不想走這裡就得用跑的。的確，幹部與上司都已經先走了，繪里這個頭號菜鳥豈能讓他們久等？但她又沒把握能穿著窄裙和有跟女鞋繞過兩棟寬敞的機庫跑。今天穿的女鞋雖然是低跟的，但畢竟不是跑步用的鞋子；為了給客戶留下好印象而精心畫好的妝也會被汗水弄花。

我跑不動。繪里搖了搖頭，高科說了句：「那就走吧！」率先踏進了通道。

繪里又不是打掃廁所的清潔婦，居然會有「因公」踏入男廁的一天。這對妙齡女子而言實在是個殘酷的打擊。啊！幸好現在不是「使用中」——或許她已經該心存感激了？

走在前頭的高科完全不顧繪里心中的躊躇，連頭也沒回過一次。混帳，這個冷血鐵面人！繪里半是遷怒地瞪著他寬闊的背部。

此時的繪里還不知道這只是漫長廁所之戰的序曲。

倘若把市場遍及世界、需求多元的民航機設計比喻成建售住宅，軍用機設計就好比訂製住宅，用途與使用者都是固定的；尤其自衛隊每一機種的生產數量都很少，訂製性質就更強烈了。

加上軍用機不如民航機那般時常開發新配備，因此隊員一遇上這千載難逢的機會，要求自然也就多了。

說歸說，他們的要求怎麼能如此天差地遠啊？明明是看著同一架飛機說話，這個人說的和那個人說的卻是南轅北轍。

「我希望能把居住空間擴大，因為有時會有政要乘坐，最好能有一定水準以上的餐宴設備。」

「不用加裝和任務無關的設備，重視實用性就好了。餐宴設備？要那種鬼東西幹嘛？把那些資源拿來增加載重量！」

諸如此類。

這些問題麻煩你們事先協議好嘛……聽了這些此起彼落的矛盾要求，不光是繪里，所有廠商代表全都是一臉困惑。

軍方要求不統一，規格便敲不定。從現在的狀況來看，每個人的要求都可以自成一套規格了。

「現在才剛開始咧！」

一位年長的職員氣定神閒地小聲說道。他是這方面的老手，以前也曾在其他公司開發過自衛隊機種。根據他的說法，在要求不統一的情況之下開始設計是家常便飯，規格不過是試作之下的結果。

哇！前程坎坷。繪里是第一次參與大型企劃案的公聽會，但現在已經開始萌生退意了。

上司與前輩各自鎖定目標，開始徵詢自衛官的意見。他們有個不成文規定，軍階最高的人由職位最高的人負責接洽，往下依序類推。繪里也開始尋找洽談對象，結果唯一空著的居然是——

哇……是這傢伙啊？

高科。繪里還記恨著剛才那件事，對他甚無好感；不過這是工作，沒得挑剔。

「呃，可以請教一下您的意見嗎？」

繪里與高科正面相對，才發現他的制服胸口別著航空徽章；那不是老鷹加翅膀的操縱士徽章，而是櫻花加翅膀的航空士徽章，可見他應該不是駕駛員，而是機組人員。

既然人在這裡，便代表他也是現行軍機的使用者，應該可以提供許多實際的意見。一思及此，現實的繪里便把剛才的不快全拋諸腦後，興致勃勃地問道：

「請問你對新世代軍機有什麼要求？」

「廁所。」

高科立刻回答，繪里不禁懷疑自己的耳朵。啊？你說什麼？

高科一臉認真地再說一遍：

「我希望廁所能設計成隔間式的。」

「啊？」

現行軍機的機內廁所除了一部分已修改成隔間式，其他全都是以浴簾相隔。

這對機組人員而言，的確是個不太優良的設計；不過頭一個得到的答案竟是廁所，實在令繪里掃興萬分。

「好，我們會列入考量。」

繪里姑且筆記下來。

「還有沒有其他要求？」

繪里又問了一次，這回高科回答的則是走道寬度及機材配置等事項。這種時候的回答一定是「我們會列入考量」。無論再瑣碎的事項都要當場應允，乃是開發現場的規矩；繪里不過是個新手，自然更是謹遵不違了。

「要不要聽聽維修人員的意見？」

或許是已經想不出其他要求了，高科如此建議繪里。瞧他一臉冷冰冰的，沒想到挺細心的嘛！繪里心中暗自下了這番絕對不能說出口的評論，二話不說地點了頭。

待徵詢完所有人的意見，他們又準備返回先前的辦公室。

唉，又要走那裡啊？

繪里的擔憂果然成真了。領頭的高科理所當然地走向方才的廁所。

高科打開門後，一行人毫不遲疑地走入廁所，繪里也悶悶不樂地跟在後頭。

繪里以光速低下頭。她碰上最恐懼的狀況——這次是「使用中」。一名身穿作業服的年輕隊員正面向小便池。

慢著慢著慢著！這樣也要通過？行嗎？

繪里忍不住打退堂鼓，但走在前頭的男士們絲毫不以為意，而如廁中的隊員似乎也毫不在乎。

可是我在乎啊！

繪里期待那名隊員至少能在她通過之前解完手，故意放慢腳步；誰知關上門隨後跟上的高科居然多事地問了句：「怎麼了？」害她的計畫泡湯——可惡！

繪里半閉著眼，小跑步通過如廁隊員的身後；此時突然有人從背後抓住她的肩膀，她發出滑稽的尖叫聲，睜開眼一看，才發現快要闔上的門與她之間的距離近得連眼睛都對不準焦距了。

抓住她肩膀的是高科。她回過頭，正好看見經過身邊的隊員「收槍」的動作，連忙又轉回前方。

「妳在做什麼？」

要我怎麼解釋？

「對不起，我剛才閉著眼睛。」

「幹嘛閉著眼睛？」

你還敢問？繪里瞬間萌生殺機。

「請小心一點。」

「……對不起。」

雖然繪里心知無用，還是試著在「……」部分表達自己的不快之意。想當然耳，這招對高科完全不管用。

「呃，這個部門沒有女性隊員嗎？」

「有啊！不過很少。」

「女性也走這條通道嗎？」

聽繪里如此一問，高科總算意會過來了。

「女性隊員也照常通過，請妳不用顧慮，儘管走就是了。」

什麼叫儘管走就是了！

開發過程中，繪里得頻繁出入這個基地；本來她打算設法改善環境，沒想到對方根本不了解她的苦處。

之後，廠商代表彙整自衛隊員的意見，回到岐阜工廠開會。

「他們說希望能裝設雷達干擾絲和火球。自衛隊總算知道不裝飛彈防禦裝置會被攻擊了啊！」

「也太後知後覺了吧！」

身在現場時，眾人都是必恭必敬、唯唯諾諾，一回到公司裡，便毫不客氣地大肆批評起來了。

或許是因為繪里提出了高科所說的廁所問題，編開發小組時，她被分到了衛浴設計組。

＊

開發航空器時，向來是各部位同時進行設計，因此往往化為空間與重量的爭奪戰。機體尺寸打一開始就固定了，無法更動；總重量也得維持在航空力學上的適當範圍之內，所以各小組須得在有限的條件之下瓜分剩餘的資源。

尺寸與重量受限，設計條件便嚴苛許多；因此每個小組為了自己所負責的部位，都是你爭我奪、搶破了頭，禮讓精神蕩然無存。我們一定要保留這個！我們也堅持保留那個！縱使終究得妥協，也得多爭取一點有利條件。

「成本盡量壓低一點喔！」這個最後順口加上的要求更是加劇了資源瓜分戰。小型輕量化等於成本暴漲，這可說是技術界的真理；若想壓低成本，尺寸和重量條件就該訂得寬裕一點啊！

這種時候最容易被犧牲的，便是與機體運用性毫無關聯的生活設備。

「廁所要做成隔間式的畢竟有困難。如果廁所重量能減輕，其他部分就輕鬆多啦！」

機內空間有限，尺寸、重量佔空間的隔間式衛浴設備自然成為眾矢之的。

「採用簡易廁所加浴簾，重量就輕多了。我們可以用那種加了支架的褶簾啊！總比飄來飄去的好吧？」

這個無害的提議很快獲得採納，就連衛浴設計組內也無人反對。

「對方也說過，和任務無關的部分可以盡量削減嘛！」

這是第一線隊員的主要意見。

「所以啦，小宮，下次開會時去向他們報告一聲吧！」

公司認為自衛隊成員以男性居多，女性出面交涉較佔便宜，所以衛浴設計組每回都派繪里向自衛隊報告進度。

真倒楣。繪里反射性如此想道，或許是因為她想起了要求廁所隔間化的高科那張一板一眼又毫無通融餘地的臉孔。

先前繪里一直以「尚在研討中」敷衍過去，一旦說出「辦不到」，那個男人一定不肯善罷干休。

繪里的預感果然正確。

一提出衛浴設備的設計方案——

「請重新考慮。」

會議室中頭一個響起的便是高科的聲音。

「隔間式廁所是機組人員的第一希望，請你們列入最優先考量。」

高科雖然年歲尚輕，畢竟是幹部級人員，堅持己見時的魄力非比尋常。空氣彷彿真的變硬了，沉甸甸地壓住繪里的頭，她須得奮力抵抗才不致於垂下頭來。

「好啦，高科，別對女孩子露出這麼可怕的表情嘛！」

身為高科長官的中校開口打了圓場。繪里不喜歡因女性身分而受到特別待遇，但這回卻很想拿這種特別待遇來當擋箭牌。慢著，你們太奸詐了！根本沒人告訴過我自衛官生起氣來這麼可怕！

「我們也做過多方面的研討，為了兼顧各個部分……」

繪里奮力擠出聲音來，語尾卻微微顫抖著。好丟臉，好窩囊，不知道其他與會者可有發現？

「你應該也知道隔間式廁所會壓縮到整體的重量及空間，這已經是我們研討出來的最佳方案了！」

繪里為了掩飾聲音的顫抖而大聲說話，結果聽起來反而像在尋釁。糟了，不妙，這樣只會讓對方更加生氣而已。

「研討、研討，你們到底研討了什麼？」

果不其然，高科的聲音也變得非常冷硬。

「你們的眼裡有使用者的存在嗎？你們只要把東西做完交貨就沒事了，我們卻得每天使用，直到耐用年限到期為止！」

為什麼首當其衝的是我啊？快來個人和我換手吧！繪里對同事投以求救的視線，但沒人肯接下她的擔子，就連上司也一樣。與其說是社會人士的狡猾天性使然，不如說是因為自衛官的魄力實在太過可怕。廠商的基本態度便是能閃則閃、能逃就逃，沒人想當箭靶。

「你們的工作是考量使用者的方便，別拿自己的方便當理由！」

高科說的是正理，不過正理往往最容易教人反彈。

什麼嘛！

什麼跟什麼嘛！不過就是個廁所嘛！幹嘛這麼誇張啊？

繪里在心中嘲諷道。不這麼做——只怕她會哭出來。不，她已經瀕臨極限了。這根本是遊街示眾嘛！

誰來救救我吧！

正當繪里動起這窩囊的念頭之時——

「高科，好了啦！我們就請廠商重新研討，行嗎？」

剛才的中校出面調停，這場爭執便就此結束了。

「剛才失禮了。不過，請你們務必好好研討廁所問題。」

會議結束後，高科又特地前來叮嚀。繪里仍在氣頭上，不禁暗想：廁所廁所廁所，廁所有那麼重要嗎？

反彈之心讓繪里沒有乖乖點頭，反而追問道：

「非得要隔間式才行嗎？剛才我也說明過了，隔間式廁所有重量及空間上的問題。就算不考慮這兩點，預算也很有限啊！」

繪里暗諷防衛廳撥的預算過少。就是因為你們小氣巴拉，我們才得這麼辛苦。

「這是兩碼子事。節省國家經費是各省廳的義務，你們既然承接了政府包案，就該有這種自覺。」

又是無從反駁的正理。繪里大感不快。

「不過其他隊員也說過，和任務無關的部分可以盡量削減啊！」

話才說完，高科的眉頭又皺了起來。

「妳覺得這和任務無關？」

繪里發現自己似乎踩到地雷，有點害怕，但如今已是騎虎難下。對不起三個字她說不出口，也不想說。

「我覺得沒有直接關係。」

「所以我才說你們的設計自以為是。」

這回輪到高科踩地雷。不同的是，繪里是不小心踩到的，高科卻是故意踩的。混帳，仗著自己地位比較高就擺出這種態度。

「你們在公司辦公都不上廁所的嗎？」

繪里無言以對。高科說得一點也沒錯，她無從反駁。誠如高科所言，沒人能在上班時間一直忍著不上廁所。

既然從事工作的是人，生理現象便是個無法切割的問題。認定廁所與任務無關，就等於漠視從事任務者是人的事實。

你們的眼裡有使用者的存在嗎？別拿自己的方便出來當理由！剛才高科的一番話又再度爬上繪里的心頭責備著她——難怪高科要說她自以為是。

「可是……」

可是限制仍舊存在啊！重量、空間、平衡及安全規範。若是把廁所改成隔間式，機內所有部位都得重新設計。他們費盡心血，好不容易拼湊出一幅設計圖，難道要他們從頭來過？

不能體諒一下製作者的辛苦嗎？

高科嘆了口帶刺的氣，對著收拾物品準備離去的繪里上司說道：

「抱歉，宮田小姐借我一下，馬上就好。」

說完，高科便拉起繪里的手腕，邁步離去。

高科理所當然地穿過男廁通道，帶著繪里進入隔壁的機庫，走向某架運輸機。那是年代久遠的C－1，重工三十年前開發的機體。

繪里跟著高科爬上舷梯一看，才發現這架軍機採用的是最舊型的機內設計，駕駛艙附近馬馬虎虎地安了個浴簾分隔式廁所。

「這架軍機得服役至新世代機完工為止，我們每天都在使用。」

說著，高科拉開廁所的浴簾。

「進去。」

咦？什麼？繪里遲疑不決，高科不容分說地推著她的肩膀：

「我叫妳進去。」

高科把繪里推進廁所後，便從外拉上浴簾。

「妳現在敢脫褲子嗎？」

這是什麼？新型的性騷擾嗎？繪里太過震驚，連聲音也發不出來。什麼？我得照他說的去做嗎？這是命令嗎？

用不著這麼驚訝吧！高科諷刺地說道，似乎是聽見繪里在浴簾之後倒抽一口氣的聲音。

連這麼細微的聲音都會傳到外頭去？

「機組人員區和廁所只有一塊浴簾相隔，同機人員近在左右，廁所裡有任何風吹草動都一清二楚。是你們設計出這種如廁環境，機組人員每天都得將就著用。」

一針見血。高科只是陳述事實，卻是刀刀見骨。

「設計出這種廁所的是你們，總不會說不敢用吧？你們應該是認為在裡頭脫褲子拉屎完全不成問題，才這麼設計的吧？」

對不起，我辦不到，我不敢用。又不是在野外，哪有這麼簡陋的廁所啊？

繪里包包中的手機突然響了。

「請接。」

高科在外頭說道，繪里接起電話，原來是她的上司。

「宮田，妳現在人在哪兒？事情還要多久才能辦完？」

「咦？呃，我現在人在隔壁的機庫……」

被逼到退無可退的地方。這句話她可說不出口。

我能擅自答覆「我馬上就回去」嗎？

此時，高科從外側拉開浴簾，示意繪里將手機交給他。繪里此時的思考能力近乎於零，乖乖依言交出手機。

「我是高科，對不起，我馬上把人還給您。」

聽見高科這麼說，繪里鬆了一口氣。啊，我不用上這間廁所了。

「抱歉，使用這種震撼療法。我只是想讓妳了解隊員的現況。」

高科又裝模作樣地用回敬語，邁開腳步，走向男廁通道。繪里走進廁所之後，突然啊了一聲。

「對不起，我的手機……」

平時總會從包包外側口袋探出頭來的手機吊飾不見蹤影，似乎是掉出來了。機庫裡的維修聲相當嘈雜，繪里沒聽見手機掉落的聲音。

「我去替妳找，妳先回去吧！」

「不，我自己去就行了。」

「沒關係，我隨後跟上。」

看來高科對於剛才的震撼療法頗感愧疚，才硬把這件差事攬下來，以示歉意。

與其被獨自留在這條通道上，我寧願回去找手機。繪里還來不及如此主張，高科便已走出通道。

繪里一心只想盡快通過通道，便小跑步起來，誰知卻發現前方門口的霧面玻璃上映了道人影。

她從來不把這裡當通道，此時感受到的只有女生走進男廁時的心虛及羞愧感，情急之下便鑽進附近的隔間。

等她鎖上門，才發現大事不妙。這下子不是反而把自己逼進死胡同？冷靜下來一想，其實只要若無其事地走過去就好了啊！

怎麼辦？要是他進了隔壁的隔間——男廁的隔間只有一種用途。這裡又沒裝音姬（註1），任何呼息聲響都能聽得一清二楚。

幸好腳步聲在小便池前停了下來，不過由於距離過近，連「掏槍」時的衣物摩擦聲都鮮明地傳到了繪里所在的隔間。

哇！有聲音！

強力沖擊陶瓷便池的水聲——不，這當然不是水聲。

註1：廁所用擬聲裝置，可模擬流水聲，以遮掩排泄聲。

哇！我不想聽！這是世上我最不想聽見的聲音！繪里在隔間之中拚命摀住耳朵。

不久後，一陣連摀住耳朵都聽得見的強勁開門聲響起，有人跑進廁所來。

「嗨！」

來者和先來的人打了聲招呼，看來又是個「使用者」。兩人開始聊起天來，繪里根本沒機會出去。要是她在這種時候出去，不被當成潛入廁所竊聽的變態才怪。幸好他們似乎沒發現其中一個隔間有人。繪里繼續屏息以待。

求求你們快點出去！

繪里在關鍵時刻的運氣向來很差，這回的祈禱也完全不管用。隊員們解完手，卻仍聊個沒完。她總不能一直窩在隔間裡吧！

過了五分鐘，繪里終於放棄了。

偷偷摸摸躲了這麼久，現在才突然出去，實在有點尷尬。一直躲著沒出去和「有事」拖到現在才出去，到底哪個比較好？

從高科的態度判斷，男性隊員似乎都不認為將男廁當成通道不妥，自然無法理解繪里情急之下躲進隔間的心理。

反正都得丟臉，至少選個別人能夠理解的理由丟臉吧！繪里雖未解手，卻裝模作樣地沖了馬桶的水。

她先用水聲提醒隊員自己的存在，才開門走出來。站在洗手臺邊聊天的隊員目瞪口呆地看著繪里。他們是負責維修的隊員，繪里徵詢意見時見過幾次，對方似乎也認得繪里。

「……呃，妳在這裡上廁所？」

我好像選錯選項了。繪里渾身不自在，含糊地點了點頭。戲已經演了一半，現在總不能改口說不是。

「呃，我以為這是男女共用的。」

兩個隊員發出不帶惡意的笑聲。

「高科少尉沒跟妳說嗎？太狠了吧！」

「女廁在對面牆邊，妳下次去那邊上就行了。」

其實繪里知道。要是這兩人事後跑去責備高科少尉：「你怎麼沒向人家說明廁所在哪裡啊？」該怎麼辦？要是被他們知道高科其實說明過，該怎麼辦？要是他們認為繪里明知女廁在哪兒卻跑來上男廁，又該怎麼辦？繪里不願被當作怪女人，也不願被想成是「憋不住」而衝進男廁解手。

可是她和高科又沒有熟到可以私下套說詞的地步，也不認為高科能夠理解她要求套說詞的心理。

「好，下次我會注意。」

繪里逃也似地走向門口。

「啊，等等！」隊員叫住了她：「妳不洗手啊？」痛恨的一擊。

繪里的臉就像火烤般炙熱，簡直快爆發了。她雖未如廁，卻也只好洗個手做做樣子。隊員在她洗手時離開了廁所。

繪里在包包裡找手帕，不一會兒，腋下便流了許多汗；襯衫吸收汗水，涼得教她發寒。她走出廁所，站在牆邊等候高科，貼在牆上的紙張映入眼簾，令她不禁失笑。

「性騷擾禁止週」。

──哈！你們居然有臉發起這種活動？

不久後，高科回來了。一看見那張正經八百的臉孔，一股莫名其妙的感情沸騰了。

繪里無暇忍淚，淚水便已奪眶而出。她的視野一角捕捉到高科錯愕的表情，不知如何是好，只能垂下臉。

「──怎麼了？」

你還好意思問！

「你……」

繪里抬起臉，瞪著屈身聽她說話的高科。

「你是最沒資格拿廁所來批評我自以為是的人！竟然大剌剌地要求女生通過男廁！什麼性騷擾禁止週，別笑死人了，這不叫性騷擾叫什麼！別的不說，小便時有人經過身後也毫不在意的人學人家講什麼廁所隱私啊！」

繪里連珠炮似地說道，隨後而來的沉默令她猛然僵硬下來。糟了，對方是客戶耶！她忍不住用雙手摀住嘴巴，但說出口的話已經無法收回了。

怎麼辦？她悄悄打量高科。

只見高科露出她從未見過的困惑表情。他沒生氣？好機會。

「對不起，我失言了！」

繪里用力鞠個躬，便頭也不回地逃之夭夭。

等坐上回程的新幹線，她才想起自己忘了拿回手機。

隔天一早，繪里便開始大傷腦筋。手機該怎麼辦？

繪里知道她該聯絡高科一聲，或是請他將手機寄回來；可是一思及自己昨天那番無禮的言語，她實在提不起勇氣來。

繪里只要一進設計室就得待上一整天，沒手機倒是不成問題，可是朋友的電話號碼全在手機裡。她住家裡，不致於因此斷絕音訊，但電話只能打到家裡也挺麻煩的。

上司今天什麼也沒說，看來高科並未把她離開前的行徑抖出來，這點她很感激。

不過她昨天才破口大罵，今天要拿什麼臉去聯絡人家？昨天真的很抱歉，能麻煩你替我把手機寄回來嗎？她哪拉得下臉來啊！

可是今天不聯絡，一直把手機擱在高科那兒，又會造成他的麻煩。

繪里整整煩惱了一個早上。午休時間結束之後，股長笑咪咪地來到衛浴設計組。

「小宮在嗎？」

平時的繪里尚能半帶苦笑地容忍這種中年人特有的裝熟行徑，不過今天的她心情不佳，只覺得厭煩。

「什麼事？」

她的聲音之中帶著些許不快，但股長完全沒發現，興高采烈地說道：

「我現在手上有個好東西，妳猜是什麼？」

「又是食玩啊？」

股長拿來炫耀的通常不是食玩公仔就是轉蛋。

「猜錯了。」

股長刻意賣關子。平時的繪里或許會一笑置之，但現在只覺得心煩。對不起，我現在沒心情陪你胡鬧。

「其實是這、個！」

「啊……！」

繪里反射性地叫出聲。股長故弄玄虛之後拿出來的，竟然是繪里昨天忘了向高科索回的手機。

「這怎麼會……」

繪里一把搶過來。

「妳猜這是怎麼回來的？」

「不知道，請揭曉答案。」

興頭被繪里打斷，股長顯得有點不滿，但還是宣布了答案。

「是今天從小牧前來定期維修的C－1送來的。聽說是妳昨天忘了帶走的？」

眾人哄堂大笑。

「好厲害喔！宮田小姐，妳竟然讓空自替妳空運手機耶！」

「宮田特別快遞！」

周圍笑得很開心，但繪里可笑不出來。

「呃，高科先生有沒有說什麼？」

「對對對，高科先生有留言，說要向妳道歉。」

道歉？他幹嘛道歉？該道歉的是我。

「說是臨走前又絆住妳，害妳匆忙之下忘了手機。他到底找妳去幹嘛啊？」

「咦？呃……他帶我去看現行軍機的廁所。」

繪里總不能說她被關在廁所裡，便姑且換了個不算撒謊的說法。

「高科先生也太堅持了吧！」

又是一陣哄堂大笑，不過這可不是笑話。

「我實際上看過以後，才知道廁所真的不太好用。」

妳敢在裡頭脫褲子拉屎嗎？——我不敢。

我自己都不敢用的東西，怎麼能要求別人使用？

「我能體會他想改成隔間式的心情。」

「不過重量畢竟是個瓶頸啊！還有平衡。這可不光是衛浴的問題而已，要改就得全部改過。」

可是現在還在初期設計階段啊！要改還來得及，何必吝惜這一點工夫？

我們製作的究竟是什麼？是客戶想要的飛機？還是方便製作的飛機？

「關於衛浴設備的問題，高層也研討過了。」

股長的聲音變得公事化。

「他們說要和自衛隊的長官商量，請他們撤回隔間式廁所的要求。提出這種要求的大多是尉級以下隊員，只要請高階軍官出面施壓……」

怎麼可以！繪里險些叫出聲來，其他人卻是鼓掌叫好。

我得設法阻止，但要怎麼做？在昨天以前，我也覺得隔間式廁所很麻煩啊！現在要如何力挽狂瀾？

「啊，小宮，記得打個電話向高科先生道謝喔！」

股長的一句話點醒了繪里。

「好，我立刻去打。」

她趕緊離開座位，走向外頭。幸好此時沒人提醒她可以直接撥打外線電話。

繪里撥打小牧基地的總機號碼，請對方轉接給高科。有時高科正好在飛行中，無法接聽，不過這回順利聯絡上了。

「久等了，我是高科。」

他的聲音還是一樣正經八百，不過這個看似鐵面無私的人卻沒把昨天的事張揚出去，反而替繪里掩飾，給她臺階下。

「你好，我是K重工的宮田。」
繪里仍感尷尬，但她現在有了理由，說起話來也就乾脆俐落多了。
「謝謝你替我把手機送回來。昨天真的很抱歉。」
「不，我才覺得抱歉……」
高科的聲音之中也帶著些許尷尬。
「昨天……我不在的時候，發生什麼事嗎？」
哦，他仍記掛著我昨天掉淚的事。原來他還有點人性嘛！這是高科頭一次露出破綻，而現在的繪理相當慶幸他也有這一面。
「有是有，但我覺得你一定無法理解。」
高科沒有回話。數位化過後的無聲時間讓繪理覺得高科似乎有些受傷，是她多心嗎？
「呃，我不是在責怪你。畢竟我們一個是自衛隊，一個是普通百姓，性別也不一樣。即使是一般男女，也不會去深談廁所問題。」
無論是情侶、朋友或同事，沒有人會特地把排泄問題搬上檯面。吃喝拉撒雖是天性，但人們總會刻意迴避這類話題，圖個清淨。
「不過我們要蓋廁所，不能迴避。排泄是個敏感的問題，我們彼此的認知不同，沒有深入談過就要對方了解，才是強人所難——我認為我們必須先理解對方的立場。」
「——是啊！」
高科的聲音變得比平時柔和些。

「我希望能找個時間和你私下談一談，越快越好。」

不加快動作，重工就要開始行動了。

「好。」

「容我再做一個任性的請求，我希望形式上是由你約談我，請透過K重工指名找我。」

繪里找不到主動會見高科的理由。

高科雖然不明白繪里為何急著見面，卻沒有多加追問，便一口答應了。

高科指定的會談時間是週一。擔心繪里的股長表示要一同前往，繪里設法搪塞，最後總算得以單獨成行。

高科似乎有意緩和氣氛，沒帶繪里到會議室去，而是選擇了基地內的咖啡廳作為談話的場所。

待前來幫忙點飲料的服務生離去之後——

「對不起。」

兩人不約而同地低頭道歉。由於實在太過湊巧，繪里忍不住噗哧一笑，高科也微微地笑了起來。

啊，我好像是頭一次看見這個人笑，笑起來還不賴嘛！平時的他總是一副正經八百的可怕表情。

「……上次妳為什麼哭了？」

高科有些難以啟齒地問道。這個問題很難解釋。

「你能體會我不願走進男廁的心情嗎？」

高科的表情果然顯得茫然不解。

「假如那間男廁已經不再使用了，或許我還可以抱著平常心通過；但是事實上，那間男廁仍在使用中，有時甚至得經過正在如廁的人身後。站在女人的立場，這種感覺很糟，就和遇到暴露狂差不多。」

「暴露狂……？」

高科有些震驚。

「可是我們的女性隊員都是照常通過啊！」

「我相信她們起先也覺得不太自在。至少在她們進入自衛隊之前，應該不會毫不猶豫地通過男廁；就算她們在這裡能夠平心靜氣地走過『使用中』的人身後，假如在路邊，呃……」

繪里盡可能保持平靜，但是要她對著男性說出這句話，她仍有抗拒感。

「……看到男人站著小便的時候，我想她們仍會產生厭惡感，移開視線。沒有一個年輕女孩能滿不在乎地在男人小便時經過他的身後。」

說了！我說出來了！幹得好！我真是太了不起了！繪里不再有任何躊躇。

「說得直接一點，讓女性處於這種『必須平心靜氣地走過如廁男性身後』的狀態，就是一種組織性的性騷擾。高科先生，如果有人宣稱女廁是通道，要求你通過，你也會覺得困擾吧？」

繪里以為這是個很好的比方，沒想到高科並不贊同。

「女廁全都是隔間，看不見『使用中』的樣子；只要『使用者』都知道自己所上的廁所也當成通道使用，我倒是覺得無所謂。」

咦？那還有什麼例子是和這種情形相似的？

「那假如換成女用澡堂……」

話說出口，連繪里自己都覺得引喻失當。

「如果可以通過女用澡堂，反而該高興吧？」

你居然還一板一眼地回答？繪里忍不住對著他那正經八百的臉孔問道：

「高科先生也會覺得高興？」

「那當……」

答到一半，高科猛省過來，露出可怕的表情。

「這是什麼問題啊？這算性騷擾吧？」

「是啊！對不起。」

繪里乖乖道歉。這下子可傷腦筋了，她找不出適當的比喻來說明通過男廁的排斥感。

既然如此，不如直接說明自己為何排斥通過男廁吧？

「……以上回的事為例——」

聽見「上回的事」四字，高科的表情變得凝重起來。對高科而言，「弄哭」繪里的事件似乎成了他的弱點。其實繪里掉淚並不是任何人的錯，不過既然女人的淚水這麼管用，繪里也就跟著擺出凝重的神情，好好利用了。

「當時我一個人被留在男廁，不知該怎麼辦才好。高科先生是好心替我去找手機，可是對我而言，獨自留在那種地方反而困擾。你認為你是把我留在通道上，但我卻認為自己是留在男廁裡。就算大家都說那是通道，對我來說它還是男廁；只有我一個人的時候，我絕對不會通過，也不敢通過。」

繪里獨自行動的機會很少，不過她單獨往來機庫時一定會繞外側的遠路，即使跑得汗流浹背、弄花了妝也在所不惜。

「你離開以後，有隊員走進男廁，我一時著急，就躲到隔間裡去；可是那個隊員上了很久，最後我只能乖乖出去……假如我只是窩在隔間裡，不是很奇怪嗎？所以我只好假裝是在上廁所，故意沖水之後才出去，結果被隊員取笑：『妳竟然上男廁？』好丟臉。後來我忘了做樣子洗手，又被問了一句：『妳不洗手啊？』更加丟臉。上男廁還不洗手的女人，簡直亂七八糟嘛！一想到人家不知道是怎麼看待我的，我就覺得好窩囊、好悽慘。」

啊，糟了，我又想哭了。繪里為了分散自己的淚意，用力低下頭。

「所以那時候我只是遷怒而已，對不起。廠商居然對客戶亂發脾氣，太不像樣了。真的非常抱歉。」

「不，我也有錯……」

高科也低頭道歉。

「我沒想到對妳而言，通過男廁是那麼痛苦的事情。對不起，我這個製造妳痛苦的人居然還敢向妳強調自己的痛苦，實在是太厚顏無恥了。」

「不，你說得一點也沒錯，我們的設計的確是自以為是。」

雙方都自以為是，沒有體諒對方的心境；當面說開以後，都覺得羞愧不已。他們倆互相道歉一陣之後，又相視而笑——這就叫同病相憐。

和解成立，正好飲料也送來了，氣氛跟著煥然一新。

繪里點的是最便宜的立頓紅茶，味道也正如其價格一般。自衛隊的咖啡廳頂多也就是如此了。

「我有個單純的疑問。要我用浴簾式廁所，我的確不敢用，不過自衛隊的隊員也和我一樣排斥嗎？小便時不在乎有人經過身後的人，怎麼會堅持機上廁所一定要用隔間式的呢？我覺得有點矛盾。」

繪里雖然有心為隔間式廁所奮戰，但若是別人攻擊這個矛盾之處，她可無從反駁。

不過高科的回答卻是簡單明快。

「並沒有矛盾啊！」

沒有矛盾？

「妳似乎以為只有自衛官才不在乎小便時有人經過身後，其實不然。所有男人都不在乎小便時有人經過。」

「……這話怎麼說？」

「因為男性用的小便池不是隔間式的。」

啊！原來如此。

「小便本來就是以被人看見為前提──這麼說或許有點奇怪，不過男人通常是和其他人一起並排小便，就算半途有清潔婦進來打掃，也能夠繼續。男人在小便這方面的隱私意識是很薄弱的。可是大便就不同了。沒有男人願意大便時被人看見。」

「哦──換句話說，小號和大號時的心理狀態是不同的？」

「沒錯，在機上難免會有想上大號的時候。再說，如果採用浴簾式廁所，臭味容易外漏，就算使用除臭劑也蓋不掉。」

原來如此。繪里完全懂了。這麼一來，即使其他人攻擊這個矛盾之處，她也有備無患了。

繪里放下茶杯，正襟危坐說道：

「我支持隔間式廁所，也會努力爭取其他人的支持。」

高科默默凝視著繪里片刻，開口問道：

「我該怎麼做？」

腦筋轉得很快。高科給予繪里的第一印象雖然很差，其實人還挺好的。

「請軍方的口徑一致。如果軍方三心二意，這場仗就打不下去了。」

繪里不能說出重工打算請空自高層施壓，撤回隔間式廁所要求之事。

高科並未細問，只說了句「好」。
離去時，繪里又向送她到門口的高科低頭致謝。
「謝謝。」
高科一臉訝異，似乎不懂繪里為何道謝。繪里揭曉答案：「我是謝你的震撼療法。」高科反射性地露出愧疚的表情。
不過繪里這話並不是在諷刺他。
「要是沒經過那次的震撼療法，我應該不會發現設計師強迫使用者接受自己的設計是一件多麼不合理的事。所以我要謝謝你。」
高科似乎明白繪里並非諷刺，但臉上的愧疚之色仍未褪去。

*

接下來的每一天都是戰爭。支持隔間式廁所的只有繪里一個人，因此她無可避免地成了全公司的公敵。
「現在的C－1已經用了三十年以上，新世代機驗收後，使用年數一定不會少於C－1。難道各位要客戶忍受一架不滿意的飛機三十年嗎？」
「我們只要交貨就沒事了，可是之後客戶得一直使用下去。製作者與使用者的方便性出現衝突且有讓步空間時，該讓步的當然是製作者。」

「我們製作的是什麼？客戶想要的飛機？還是方便製作的飛機？」
「連末端使用者都不愛的飛機，有什麼存在意義？」
就連繪里自己也覺得這些理論過於天真，更別說是同事了。
這是理想啦！每個人都這麼一語帶過，不願一語帶過的繪里便成了眾人眼中的麻煩鬼。
被人嫌棄的感覺很痛苦。
高科不再使用男廁通道。「讓女性通過這種地方畢竟不妥。」儘管不想繞遠路的男士們滿嘴牢騷，高科依然堅持走機庫外側。
「各位可以走通道，沒關係。」高科這麼對其他人說，自己則陪著繪里一起繞遠路。現在有了自衛隊幹部同行，繪里就不用顧慮等她的人了。
高科為了她而改變，她豈能不為高科奮戰？
「妳不要緊吧？」
在已經數不清是第幾回的進度報告時，高科一面陪著繪里繞遠路，一面問道：
「大家好像對妳很不滿？」
高科似乎發現繪里與其他人員之間的微妙溫差。
繪里笑了。
「不要緊。有你一起奮戰啊！」
軍方高層對於廁所問題的意見分成兩派，現在支持隔間式廁所的人越來越多，這都是高科努力的成果。

「沒事的，我並不孤單。」

工作夥伴都不支持自己，確實教人有點難過就是了。

軍方的戰友露出凝重的表情。

「越說沒事的人越有事。」

糟了——一有人關懷，便難以繼續故作堅強。

繪里連忙垂下頭，視野已經模糊起來了。高科遞了條手帕給她，是條燙得又直又挺的純白手帕。

繪里正要接過，卻察覺到附近有人。她轉頭一看，原來是重工的職員經過。是其他小組的成員。

哭泣的繪里與依偎著她的高科，看在旁人眼裡，他們之間的關係顯得非比尋常——繪里仍保有這一點客觀性。

繪里暗叫不妙，表情倏然僵硬，正欲接過手帕的手也停了下來——事後一想，這些反應才是最不妙的。

那些同事當下並沒說什麼。

不過他們也沒開口關心一下繪里究竟怎麼了，便離開原地。

繪里的處境越來越難堪了。

繪里的主張不利於重工，她沒有機會說明的事情自然被加油添醋愈傳愈廣，加入了對她的揶揄之中。
只要她一擁護隔間式廁所，一定會有人半開玩笑——但語意中卻有著玩笑所無法抵銷的諷刺——調侃她：
「我們『很清楚』宮田小姐支持隔間式廁所的理由。」
要裝作不知道他們是在取笑高科之事很難，但即使繪里想主動解釋，眾人也只是打馬虎眼，完全不給她機會。
沒關係、沒關係，我們知道——你們到底知道什麼？何不乾脆明說我是想在意中人面前表現？這樣我就可以為自己的清白辯護啊！
前往基地報告進度時，高科一如往常地陪著繪里繞遠路。同事見了，無不露出「我就知道」的表情，教繪里十分難受。
「我自己走就行了。」
繪里婉拒高科相陪，高科不明就裡，一臉訝異。
「怎麼了？」
繪里無法回答。她總不能告訴高科：「公司裡的人懷疑我和你的關係，我的立場變得更難堪了。」從前繪里見到唯一的戰友只覺得安心，現在卻充滿了心虛。
「宮田小姐，慢慢來沒關係！」
重工職員的聲音之中帶有明顯的揶揄。聞言，高科立刻轉過身去看，但出言揶揄的職員卻若無其事地混入其他人之中，眾人也欣然掩護他。

繪里又說道：

「我自己走就行了。」

她宛若宣言似地扔下這句話之後便快步走開，腳步大得撐住窄裙裙擺，裙縫都快被她撐鬆了。

求求你別追過來，我不想讓你看見我現在的表情。

繪里感到心虛，是因為她確實有心虛之處。她之所以無法挺起胸膛斥責同事的無稽之談，就是因為她的感情令她心虛。

當著高科的面受人嘲弄時的難受感覺，讓繪里察覺到自己的感情。雖然事實並不如同事所想，但她的感情卻正如同事所想。她不希望這份感情破壞自己和高科之間的關係。

她不願讓高科瞧見她被人說中心事時的心虛表情，也不願在這種情況之下被他察覺自己的心事，太悽慘了。

對一個人的好感居然成了惡化自己處境的原因，還不夠悽慘嗎？

繪里奮力打直的肩膀似乎發揮了功效，高科沒追過來。

數天後，有架運輸機從小牧飛到K重工隔壁的岐阜基地。

這是高科一手安排的，他也跟著搭機前來。

又沒安排定期維修，他們來做什麼？正當眾人一頭霧水之際，主管及衛浴設計組接到了召集令。面對隔間式廁所攻防戰之軍方急先鋒高科的召集，組員顯然陣腳大亂，主管亦不能例外。

到了指定的時間，眾人三五成群地邁向岐阜基地。高科正在停泊於機庫中的運輸機前面等候。

「為了向廠商說明我們的現況，今天我們特地將運輸機開過來。」

啊！

繪里忍不住凝視高科。

他又要故技重施了？

廠商代表一一走上飛機。機內果然有一座最舊型的浴簾式廁所。

「這就是我們現在使用的廁所。浴簾和機組人員區的距離約為六十五公分，請各位確認一下。」

唉呀，的確很窄。主管唯唯諾諾地附和道——別以為這樣就結束了。心知好戲正要上場，繪里拚命克制笑意。她的喉嚨深處發出竊笑聲。

「現在要請各位在這間廁所裡上大號。」

「啊？」

眾人瞪大眼睛——繪里除外。

高科的表情依舊正經八百，毫無破綻。他那張不苟言笑的臉孔在這種時候看來，真可謂天下一絕。

「除了宮田小姐以外，各位都支持浴簾式廁所；既然如此，使用上應該沒有任何問題吧？這間廁所是三十年前重工設計給我們使用的，我們也使用了三十年。而現在為我們提出的方案，既然又是跟這種浴簾式大同小異的設計，各位總不會不敢上這個廁所吧？」

眾人自然而然地低下頭來。他們擔心一和高科對上視線就會被點名。

「運輸機的座艙人數限制為五人，為了符合使用環境，也請各位以五人為一組。好了，哪位要先來？」

沒人舉手。

「如果各位都敢上這種廁所，我們也願意支持浴簾式。只要知道廠商不是把自己也不想用的東西硬塞給我們用，我們的心理就平衡多了。」

高科的論點依舊犀利。這樣的戰友實在太可靠了。

「——對了，要求女性在這種環境之下大號，是太刻薄了一點。宮田小姐可以只上小號就好。」

繪里險些笑出聲來，深深點了個頭。不過周圍的人卻以為她是屈服於壓力之下而不得不點頭，開始顯露關懷的神色。

「可是這種要求對女性來說似乎過分了一點。」

一名主管打圓場。其實大家都心知肚明，他表面上打圓場，其實是拿繪里當逃路。

白癡，這種伎倆對高科豈能管用！上吧！高科！

「只上小號就好，已經是很大的讓步了。您以為空自沒有女性隊員嗎？從事航空職務的女性人數年年增加，難道您要我們的女性隊員上這種『過分』的廁所？」

廠商代表一下子就被抓到話柄。

「不先使用看看，要怎麼討論呢？最高負責人是哪一位？請進來試試看。如果大不出來，我們可以提供瀉藥。」

設計部經理的肩膀倏然僵硬起來。眾目睽睽之下，他不知沉默了幾十秒，方才說道：

「——我明白了，女性的使用確實是個盲點，我們會往隔間式廁所的方向重新研討。」

「很高興能獲得您的理解。」

高科伸出手來，經理帶著苦笑與他握手。面對高科的攻擊，眾人只能以苦笑收場。

穿過大門時，繪里「啊」了一聲。

「我忘了拿手機。」

會不會太假了？然而旁人並未懷疑。

「小宮，妳又來啦？」

或許是由於剛從高科的壓力解脫之故，眾人開懷地大笑起來。氣氛很久沒這麼和樂了。

繪里雖然覺得大家也未免太見風轉舵，不過能消除彼此的芥蒂，倒是件可喜的事。她也不願成天坐在荊棘之中。

「對不起，我去拿一下手機，你們先回去。」

「用跑的！不然又要人家空運快遞了。」

「好！」

繪里小跑步回到機庫，走向運輸機。她向維修人員表示自己忘了拿東西，爬上舷梯，往機內一看——

只見高科坐在座位上，手裡正拿著繪里的手機端詳。他沒追過來歸還，表示他知道繪里是故意留下手機的？

高科發現繪里來了，抬起視線。

「還妳。」

果然是一副理所當然的態度。繪里接過手機，奮力克制的高昂情緒決堤了。

「高科先生，你好厲害，好帥喔！真是大快人心！幹得好！太棒了！」

繪里拉著高科的手胡亂甩動。「妳不怕把手機甩出去啊！」高科連忙抓住手機吊飾。

「出了我一口悶氣！你瞧大家連吭都不敢吭一聲！」

「……妳冷靜一點。」

「真的好厲害，好帥喔！」

「冷靜！」

高科硬生生地將手壓下，制止繪里繼續亂甩。

「妳才帥呢！」

高科一本正經地說道，繪里眨了眨眼。

「妳不是說過，如果軍方三心二意，這場仗就打不下去？」

哦，這麼一提，我好像說過。

「妳都上戰場了，我豈能貪生怕死？只要妳仍在奮戰，要我開幾次運輸機都沒問題。」

……哇，這話聽起來很不得了。

繪里突然在意起她那雙被用力捉住的手來了。

「我的掩護及時趕上了嗎？」

繪里把全副心力放在掩飾自己的不自然之上，只能點點頭。

──糟了。

先前在那悽慘的狀況之下不願被察覺的感情又湧了上來。現在她倒希望高科能夠察覺，但高科仍是她的客戶，這麼一來豈不是公私不分，和大家揶揄的一樣了？不行。

──啊，不過……

工作結束之後就行了吧？繪里的腦中閃過這個鬼迷心竅的念頭，而她接下來這句話應該也是出於鬼迷心竅。

「新世代機完工之後，我可以向你表白嗎？」

我在說什麼啊，白癡！

「……呃，這只是預約……不，預告？」

蠢上加蠢。

「剛才的話我就當作沒聽見。」

高科若無其事地放開手。

「這種事我向來是主動出擊。我可不希望變得像是有保障才敢開口。」

高科避過繪里，走向舷梯。他是故意不看繪里的。
繪里追上他。
「……原來高科先生還挺可愛的嘛！」
高科徹底忽視這句話。這一點就不怎麼可愛了。
「希望能早點開始交往。」
繪里故意說道，高科立刻一本正經地更正：「是早點完工！」

Fin.

國防戀愛

老實說，那些傢伙實在是有點得意忘形了。

我所說的「那些傢伙」指的是咱們的女性同袍，亦即女性陸上自衛官，簡稱WAC（註2）。

男多女少的職場環境大大提升她們的附加價值，只要生物學上分類屬於雌性，稀有價值便是無限大。尤其隊上的男人盡是些習慣了「當兵兩三年，母豬賽貂蟬」這種苦悶集體生活的人（不習慣的人會自動辭職），美醜概念早已蕩然無存；最慘的是這些人個個精力旺盛，春心蕩漾。

只要有洞就是女神。即使是外界乏人問津的女人——說得難聽點，就是醜八怪、恐龍妹——到了隊上也能搖身一變，成為「我這輩子從沒缺過男人」的搶手貨。

雖然有時看到自以為是性感女神的醜女會很火大，有時看到外界的美女之後正常審美觀會復活，但遠水畢竟救不了近火，與其去奢求高山上的花朵，不如將就著吃窩邊草。

在這種狀態之下，這些女人自然深知自己的價值了。她們對士官不屑一顧，滿腦子只想釣個前途無量的軍官。

至於滯銷的男人，就只能當隻喪家犬，在遠處乾吠了。

那些傢伙未免太得意忘形了。

*

無論嘴上說得再怎麼正氣凜然，只要那「得意忘形」的女人一貼上來，男人馬上又二話不說、張臂歡迎。男人實在是種可悲的生物啊！

——具有八年自衛官資歷的伸下雅史下士如此想道。

＊

「聽清楚了，妳們可別在教育訓練期間談戀愛啊！等到分發以後，多得是釣到軍官的機會，用不著在這時候賤賣自己！至於那些飢渴的大頭兵，更是連想都不用想！假如他們來搭訕，儘管潑水攆回去！」

口無遮攔地對著新進女隊員訓話的，便是三池舞子下士。她素有魔鬼女教官之稱，威名遠播於整個真駒內。

「……太過分了！」

在同一個訓練場進行戰鬥訓練的男性隊員們掩面說道。他們正是三池口中「連想都不用想」的士兵，待命突擊時無可避免地聽見三池的訓話。

「伸下下士，您也說說她啊！我們把得到的也只有剛入隊的ＷＡＣ，被她這麼一講，還

註2：Women's Army Corps。

有戲唱嗎？」
一名上等兵向伸下哭訴，伸下皺緊眉頭：
「跟我說有什麼用啊……同梯裡沒人能對抗那個魔鬼士官啦！」
「可是伸下下士，您不是和那個魔鬼士官在交往嗎？」
「這個謠言你是從哪兒聽來的啊？」
伸下瞪了上等兵一眼，上等兵顯得一頭霧水。
「您和魔鬼士官不是常常一起出去？」
「我只是她的跑腿，在她需要的時候得隨傳隨到。」
主要的功能是洩憤解悶、洩憤解悶和洩憤解悶。說穿了，只是個方便的出氣桶。
「我陪她喝酒的時候，根本連一滴也不能喝。因為她從來不自己開車來。」
「哇！魔鬼士官好狠！根本是把您當小弟嘛！」
「所以我不是說了嗎？我和她只是同梯關係，不多也不少。」
「我倒覺得比同梯還不如……」
聽了這失禮的感想，伸下只說了句「對、對」，一語帶過。
「既然您和她是同梯，為什麼得受她欺壓啊？」
「因為她手上握有我長年累積下來的把柄啊……別說我了，倒是你要留心。」
伸下一來懶得回答，二來上等兵的問題越來越接近他不願觸及的核心，因此他乾脆扯開話題。

「要是你在她面前不小心說出魔鬼士官四個字，她鐵定會宰了你。剛才的話我就當作沒聽見。」

「魔鬼士官」是男性隊員在背地裡替三池取的綽號，三池每次一聽見這個綽號就氣得暴跳如雷。

「哇！您可千萬別說出去啊！」

上等兵嚇得面無血色，連忙懇求伸下保密。

「伸下！」

時值午餐時間，伸下坐在隊員餐廳裡，突然聽見三池叫喚自己的聲音。伸下循著頭頂上的聲音轉頭一看，只見三池手端餐盤站著，似乎正在找座位。

「明天你會陪我去喝酒吧？」

聽了她那不容拒絕的傲慢語氣，伸下不禁嘆了口氣。

「我說妳啊……」

伸下現在正和班兵坐在一起，三池對他如此強橫，教他以後怎麼帶兵？他正要開口抱怨幾句，卻發現三池的眼睛又紅又腫——沒發現就沒事了，我幹嘛發現啊？伸下詛咒自己的好眼力。

「……幾點？」

「七點，記得開車過來！」

用得著妳提醒嗎？妳哪一次有自己開過車啊！伸下很清楚，假如他膽敢如此出言諷刺，三池鐵定會當著部下的面海扁他一頓，因此只能自暴自棄地點了點頭。三池只說了句：「到時候見！」便淡然離去了。

眾班兵屏息凝氣，目送三池離去；待三池完全走出警戒圈外，才敢和伸下說話。

「她真的把您當跑腿耶！」

首先發難的是方才向伸下哭訴的上等兵。

「簡直騎到您頭上去了嘛！您為什麼不拒絕啊？」

另一名士兵也義憤填膺地問道。

「因為拒絕了會有一堆麻煩。」

伸下簡潔有力地答道，眾人露出恍然大悟的表情。其中一人喃喃說道：

「明明是和女人一起去喝酒，可是完全不值得羨慕……」

對陸自士兵而言，魔鬼教官三池便是擋在新進女隊員跟前的一塊巨石，根本不算女人。

「就是說啊！就算可以代替伸下下士赴約，我也絕對不去。」

「搞不好喝到一半還得立正站好，聽她訓話咧！」

「而且絕對沒有打上一砲的機會。」

「你想死啊！」

一群粗俗的男人聚在一起，總是三句不離打砲。伸下面帶苦笑地聽著這段露骨的對話。

「說歸說，三池剛入隊的時候可是很驚人的。」

「哪裡驚人？」
「你們仔細想想，咱們自衛隊可是母豬賽貂蟬的環境耶！」
三池現在雖然揹著魔鬼教官的招牌，但平心而論，外貌可是相當高檔的。
「你們想像一下三池那副容貌再加上剛入隊時的青澀模樣。」
眾班兵依言而行，沉思了數秒——
「哇！天啊，超萌的！」
「天啊！太強了！簡直是終極兵器嘛！」
眾人一陣騷動。
「那時她三天兩頭就被找去拍公關照，不知有多少人在追。」
「那為什麼現在會變成那副德性啊？這是隊上的損失啊！」
「為什麼啊……」
伸下只想替三池說點好話，沒想到卻弄巧成拙，只得設法找個無害的答案來解釋三池的轉變。他和三池是好幾年的老交情，當然知道直接的原因；但他答應過要把這個祕密帶到墳墓裡去。
「ＷＡＣ只要資歷深了，都會變成那樣啦！頂多是程度上的差別而已。」
哦！眾人一臉認命地接受這個答案。
「也對，看看那些晉升上等兵的ＷＡＣ，每個臉皮都很厚。」
「潑辣、跋扈又得意忘形。」

看來他們各自把矛頭轉向同梯的ＷＡＣ了。還是該趁著剛入隊時把過來，免得被汙染了。班兵們開始興致勃勃地暢談這近乎妄想的願望，伸下擱下他們站了起來。

潑辣、跋扈又得意忘形。他們還不明白這些ＷＡＣ的真正可怕之處。

隔天，伸下準時去接三池，結果她還沒做好出門的準備。時間是她訂的，但她每次都不守時。

伸下在女子隊舍的玄關之前百般無聊地等著，有個相識的ＷＡＣ向他打聲招呼：

「唉呀，你又來啦？真是辛苦你啦！」

伸下無言以對，只得苦笑。「今天的她可不好應付喔！」那名ＷＡＣ嚇了嚇他。看來三池已經在朋友面前鬧過一場了。

「妳別多話啦，萩原！」

一面穿鞋一面走出玄關的三池對著萩原吼道，萩原聳了聳肩，乖乖走人。

三池連句「久等了」也沒說，便直接走向停車處。

「外宿申請好了吧？」

為了能夠不顧慮門禁時間盡情喝酒，他們總會申請外宿；因為只要有外宿許可，便可在門禁時間過後才回營。當然，一如伸下對班兵所說的一般，其實酒都是三池一個人在喝。申請外宿早已是慣例，三池會特別問起的時候，通常便是心情極差的時候。看來萩原的警告並無誇大。

他們的目的地向來是位在附近的薄野，所以伸下沒和三池商量就上路了。

「氣死人哩！」

三池是北海道人，每次一喝醉，說話便會參雜著北海道腔調。

「聽我說哩！伸下！」

「我在聽啦！」

他們隨便找了間酒館，三池一坐下來便馬力全開，頭一杯就點燒酒。

「他在一流證券公司上班，是國立大學畢業的，長得帥，網球又打得很好，對吧？」

伸下已經聽到耳朵快長繭了。他所說的是三池的前男友，也是三池昨天哭紅眼睛的原因。簡單地說，三池失戀了，而且是被甩的一方。

三池和他是在聯誼時相識的，當時交換了手機號碼，後來便開始私下見面；正式交往之後的第一次約會是小樽的兩天一夜旅行，白天參觀水族館，晚上漫步運河畔，投宿高級飯店，最後上床，上床時穿的是決勝用的櫻桃色內衣褲——伸下真希望三池能站在他這個「單純的同梯」的立場，想想他聽到這番話的感受。

「然後妳在第一次約會就被甩了，對吧？」

「不對！我不是說了，是我甩了他的！」

三池堅稱，不過伸下已經聽了五次，怎麼聽都覺得被甩的是三池。

「他脫下胸罩摸了一把以後，居然笑我的胸部很硬！還說：『妳連胸部都是肌肉啊？』」
「拜託妳別說了，太露骨了吧！」
「怎麼可能連乳房都是肌肉嘛！我只是有胸肌而已！乳房還是軟的！」
哇！別思考，別想像！這傢伙為什麼一喝酒就變得這麼口無遮攔啊？
「光是這樣也就算了，他看了我的肚子以後居然捧腹大笑！腹肌有什麼好笑的啊？當了八年自衛官，沒腹肌才奇怪咧！我可是每天按表操課耶！」
「好啦，小聲一點！嗓門那麼大，想昭告天下啊！」
伸下早知道會演變成這種狀況，所以選了包廂；但三池嗓門實在太大，周圍全都聽得一清二楚。
「所以我就給了他一拳，把他丟在飯店自己回去了。活該！」
「唉！所以妳就露宿野外，直到電車發車？」
「是啊！當時是連續假期，臨時哪找得到地方住啊！我跑到公園挖了道臨時壕溝，還特地用灌木叢掩護，免得被警察發現帶回警局，丟了自衛隊的臉。」
「很好啊！在隊上培養的野戰技術派上用場了。」
伸下不能喝酒，閒著沒事幹，只好一面拿筷子剝花鯽魚，一面隨口附和；誰知三池突然沉默下來。
伸下轉頭一看，才發現她正低著頭撲簌簌地掉眼淚。

「……他沒追過來，回來以後也完全沒聯絡我。」

唉，這就是今天的核心啊？伸下停下筷子。

「他一開始就知道我是自衛官了，當然想像得到我有肌肉和腹肌啊！要是他那麼喜歡軟綿綿的女人，和一般女人交往就好哩！既然要嘲笑我的身體，幹嘛和我交往啊！」

……唉！這傢伙真是個傻瓜。

她在隊舍的女性朋友面前鐵定是把這件事當笑話說，在向伸下哭訴之前，同樣的內容至少說上五次了，而且次次喝得酩酊大醉。為何她老是這麼傻、這麼好強又這麼愛面子？伸下只覺得啼笑皆非。

「我有那麼不堪嗎？身體有醜到被人嘲笑的地步嗎？」

「沒這回事。」

這是種男人非常難以勸解的話題，但伸下也只能設法勸解。

「妳為了保家衛國，每天操課，才換來結實的體格。嘲笑妳的人才是沒見識，是那個男人太爛了。」

「別說場面話了。」

三池那雙帶著醉意的紅濁眼眸瞪了伸下一眼。哇，不然我還能怎麼說啊？伸下別開視線片刻，待移回視線之後，發現已完全化為醉漢的三池正對他怒目相視。

「……沒這回事！」

伸下死心說道，三池才心不甘情不願地點了點頭。

「我說妳啊！」

這會兒輪到伸下開口。

「還是和自衛官交往吧？妳和一般人交往從來沒順利過啊！每次到頭來都是像這樣痛哭收場。」

分手的理由雖然不同，不過最後都一樣是嚎啕大哭。然而三池聞言卻板起面孔。

「隊上多得是想和妳交往的人，也沒人會嘲笑妳的腹肌。和一般人認識的機會本來就少，妳又何必堅持找一般人當對象？妳也不想每次都來找我哭訴吧？」

「就算如此！」

三池厲聲打斷伸下。

「我也不和隊上的人談戀愛。我早就打定主意了，你也知道吧？」

「可是就算妳和一般人交往順利，調任令下來了，還是得二選一啊！再說對方也可能外派他地吧？」

「不要讓我想起那些不愉快的往事！」

平時老是一再勾起我回憶的人有什麼資格責備我啊？伸下暗自想道，但一看見那雙瞪著自己的汪汪淚眼，他也只能這麼回答：

「……對不起，我太多嘴了。」

三池沒有答話，只是一口氣喝乾剩餘的酒，並向經過身邊的店員加點了幾瓶。

三池一杯接著一杯，要不了多久便醉倒在店裡。店員在廁所裡發現癱倒在地的三池，伸下連忙再三道歉，扛著她逃也似地離開。三池胡來，伸下丟臉，乃是一貫的模式。

回到車邊，伸下將爛醉如泥的三池塞進副駕駛座，替她繫上安全帶。每次見到她醉到任人擺布卻毫無知覺的地步，伸下總有些心猿意馬，但也只能強自鎮定，將她當成軟體生物看待。

將三池安置妥當之後，伸下坐進駕駛座，不自覺嘆了口氣。

「妳別太過分啊……」

老是在我面前如此放浪形骸。伸下恨恨地瞪了三池淚汪汪的睡臉一眼。「小心我下次把妳載到其他地方去！」

隊上多得是想和妳交往的人——我就是頭一個。

三池向伸下吐的苦水種類極多，舉凡工作上的問題、隊舍中的糾紛，不勝枚舉；不過她向來不找伸下「商量」戀愛問題，因此伸下總到了三池失戀之後才得以知曉她的愛情故事。原先一無所知的他，得在毫無預警的狀態之下聆聽心上人描述她與某個男人從相識至破局的經過，而且還得陪她藉酒消愁，不醉不歸。這種「單純的同梯」也未免當得太痛苦了。

剛失戀的三池渾身上下都是空隙，看似趁虛而入的好機會；然而由於她太沒有防備，反而教人不敢貿然行動。或許這也是種另類的防備方式吧！

「如果不是我，妳不知道已經被睡過幾次啦！蠢蛋。」

說歸說，許久之前的經驗告訴伸下，對自暴自棄的女人下手，只會徒留罪惡感。

「……伸下，對不起哩！」

三池居然答腔，教伸下暗吃一驚；不過仔細一瞧，她依然處於軟體狀態，原來只是在說夢話——唉！這個女人真是的。

怎麼會有人挑在這種時候作夢呼喚別人的名字啊？如果我的理智就此崩潰，應該怪不得我吧？伸下一面在心中破口大罵，一面發動引擎。賓館的霓虹招牌此刻看來格外刺眼。

絕對沒有打上一砲的機會。伸下想起白天士兵之間的低級對話，不由得反射性地啐了一句：「天真！」就是因為機會太多才傷腦筋啊！

他們根本不懂這些潑辣、跋扈又得意忘形的ＷＡＣ真正可怕的地方。所有的ＷＡＣ都是潑辣、跋扈、得意忘形且不可一世——

「……但是有時候卻又楚楚可憐、渾身空隙，所以才難纏啊！」

伸下嘆了口氣，將方向盤往左邊打。副駕駛座上的三池彷彿少了頸骨似的，隨著車身的微震搖頭晃腦。

到了營區附近，伸下打了通電話給萩原，請她到女子隊舍的玄關前等候。伸下一靠近，萩原立刻捏住鼻子。

「喂，伸下，你很臭耶！」

「……唉，說來話長啊！」

「長話短說。」

「她在我背上吐。」

說著，伸下搖了搖背上的犯人。

行車時的微震對於爛醉如泥的人而言似乎過於劇烈，當伸下將醉醺醺的三池扶下車並屈身揹她時，她竟在伸下的背上狂嘔起來。

「慢著，有你陪著她，怎麼還搞成這樣啊！」

「啊，對不起，因為今天……我好像不小心刺激到她了。」

伸下反射性地辯解，說到一半又嘟起嘴來。「等等，妳應該先慰勞我一聲吧！」WAC說話時的態度總是盛氣凌人，所以伸下也不知不覺養成卑躬屈膝的習性。

「處理善後的人是我，你放任她這樣喝酒，是製造我的麻煩。總之你先揹她進來吧！」

伸下依言走進玄關，讓三池在門階上躺下。

「她身上還挺乾淨的嘛！臉上有沾到嗎？」

「本人應該幾乎沒有受害吧！因為她是從我肩膀上往我前身吐。」

「技術挺好的嘛！」

萩原啼笑皆非地說道，又以同樣的口吻對伸下訓話：

「你也不用這麼老實，每次都乖乖送她回來。弄成這副德性回來，我反而麻煩。她都幾歲人了，就算喝到不省人事被人怎麼樣了，也是自作自受啊！」

「不，這樣未免太……而且後果很可怕。」

「窩囊廢。」

萩原罵了一句，攙起三池的上半身，將她一把扛起。只要平日訓練有素，女人也能輕鬆扛起醉漢。

「其實你用不著這樣捨命陪君子。這傢伙只是看你好說話才依賴你，她自己也知道是在利用你。就算你不理她，也不會遭天譴的。」

萩原和外表強悍內心卻多愁善感的三池正好相反，是個理論至上的女人。聽了這番針針見血的話語，伸下不由得苦笑。

「……唉，沒辦法。」

萩原不再多說，撇了撇下巴，示意伸下可以回去了。伸下恭敬不如從命，走出玄關。現在這個時節，半夜裡仍是涼颼颼的。伸下走向男子隊舍，口中又喃喃重複了一遍方才的話語。

沒辦法。不是我不敢反抗她，也不是有把柄在她手上。

她只是看我好說話才依賴我，只是在利用我。在我面前出盡洋相之後，又與別人相戀；分手之後，才又回來找我出洋相，漫長的無限循環。即使如此，我還是很高興遍體鱗傷的三池選擇在我面前出洋相，沒辦法。

伸下在神智清醒的狀態之下做出如此結論，不由得對自己的癡傻搖頭。

*

八年前的三池非常驚人。她入隊的時候才十來歲，又有著公關組三天兩頭借調的美貌，自然是傾倒眾生了。下至同梯，上至長官，無不對她特別留意。

伸下之所以能和三池變熟，全歸功於他們畢業於同一所高中。其實伸下是在三年級才從本州轉學過來，和三池不但班級不同，就學期間也沒有任何交集；或許是剛來到新環境的不安使然，三池偕同幾個同校的女生主動與伸下攀談。

伸下先生，你和我們讀的是同一所高中吧？

沒錯，當時的三池可是溫文有禮地以「先生」二字來稱呼伸下。伸下有幸與三池說話，內心雀躍不已；不過這種幸運與不幸卻是密不可分的。忌妒他的學長常因此惡意操練他。

北海道是自衛隊的大本營，高中畢業後直接入隊的人不在少數；除了伸下以外，還有好幾個男生也就讀同一所高中，這些人因為同窗之誼，自然而然就成了好朋友。

不知是因為之前說過話，還是伸下本來就是「好朋友」型的人，當時三池就常找伸下商量煩惱或吐苦水；有時甚至還託他代為拒絕其他隊員的表白，害得伸下因此得罪不少人。

男性隊員都很羨慕他們的私交，能被三池這樣處處依賴，伸下自己也對這種狀況抱著些許期待，也曾想過要主動出擊。

然而見了三池對待自己時的那股豪爽直率，伸下便明白她根本不把自己當異性看待，終究沒有勇氣跨出關鍵性的一步。

與其表白而變得尷尬，不如維持現狀——這種想法雖然頗有少女漫畫女主角的味道，不過伸下的確是選擇了安於現狀，而非更上一層樓；因此無論三池與誰交往，他都無權抱怨。

即使三池要他代為打探心上人的心意，他也一樣無權抱怨——或許有權抱怨，不過無權拒絕就是了。

雖然內心百般糾葛，伸下表面上仍故作平靜，旁觀著三池與別人分分合合，就這麼過了數年。

同梯的女生們一晉升上等兵，便不能免俗地變為刁蠻狡猾的女人，三池亦不例外。曾幾何時，三池稱呼伸下不再加上「先生」二字，有時甚至只以「喂」、「欸」這種粗魯的叫法喚他。

到了這個時期，軍中好友開始轉調他地，先後離開真駒內，伸下也被調到了中部營區；大家都有了新環境，漸漸地便疏於聯絡了。就伸下的記憶所及，留在真駒內的朋友到伸下的駐地出差，邀他出來喝酒的那一回，便是他和當時的朋友最後一次相聚。那次相聚之所以成為伸下最後的記憶，或許是因為當時那段令他扼腕的對話。

他們談起其他好友的消息，那個朋友對伸下說道：「我本來以為你和三池會在一起。」伸下一時語塞，沒有答話，朋友又自行做了解釋：「也對啦！你從來沒在乎過三池和別人交往。」害得伸下沒機會坦承他其實非常在乎。

「我也問過三池，她說：『不知道為什麼，和伸下的時機總是錯過。』」

慢著，她說的時機是什麼時候啊？——伸下險些揪住朋友的衣襟逼問，費了九牛二虎之力才克制下來。這股無從宣洩的鬱悶只能藉酒消解，當天的他醉得格外厲害。

晉升下士調查分發志願時，伸下選擇了真駒內。一來是因為地近薄野（＝玩樂好去處），二來是與軍中好友之間的快樂回憶使然，還有一個原因——或許是他還念念不忘那個關係親密卻始終未能進一步發展的三池。

於是在三年前，伸下回到了真駒內。老舊的隊舍與設施一如從前，絲毫未變，唯有白楊樹長高了許多。

伸下感觸良多，但他萬萬沒想到那最大的感觸居然會出現在眼前。

「伸下！」

他的肩膀突然被捶了一下，回過頭一看，竟是三池。

「咦？是妳？妳怎麼會在這裡？」

伸下措手不及，手忙腳亂。三池哈哈大笑：

「嚇到你了吧？瞧你的表情，活像撞鬼一樣！」

一問之下，原來三池也在一年前回到了真駒內，階級和伸下一樣，都是下士。

「我聽說你要來，就想著一定要嚇嚇你。」

「嗯，的確嚇到我了。」

全國共有一百數十個軍營，分發到不同營區的隊員重逢的機率可說是微乎其微，更何況是和自己念念不忘的心上人重逢？

莫非我和三池其實很有緣分？伸下開始相信起命中注定來了。

「妳現在有沒有男朋友啊？」

伸下找機會詢問。這對他而言已是相當果敢的進攻了。

魂牽夢縈了這麼久，如果還有機會，這回我一定要——

「問得好！我現在正和砲兵科的衛藤中尉交往呢！超甜蜜的！」

——迎頭痛擊，而且是致命等級？

三池絲毫不知伸下負傷慘重，當場便開始炫耀起她的戀情來了。原來她和中尉上個月才剛開始交往，正是逢人就想宣揚的時期。

為什麼時機總是這麼差啊？「不知道為什麼，時機總是錯過。」這已經不只是錯過了，根本就是上天的惡作劇啊！

過去的權力關係在三池權力增長的狀態之下再度復甦，三池有事沒事就找伸下充當她的愛情故事聽眾。伸下左耳進、右耳出，心裡不禁感嘆：「唉！我終究只能扮演這種角色啊！」

然而不過短短兩個月，事情卻有了一百八十度的轉變。三池的中尉男友接到了調任令，赴任地點遠在西部；這麼一來，三池與中尉便得分隔於日本的南北兩端。

輕鬆的愛情故事轉變為凝重的戀愛諮詢，三池和伸下通電話及見面的時間變得比中尉還要長。

主要的問題，在於三池該不該跟隨中尉赴任。中尉希望三池和他結婚，隨他赴任，但三池若要隨中尉赴任，便得辭去隊務；若要留在自衛隊，則會演變為國內最遠距離戀愛。

「你覺得我該怎麼做？」

三池對伸下深信不疑，毫無保留。

「我愛他，真的很愛他。他是我最喜歡的那一型，值得依靠，人又溫柔。」

「我是頭一次這麼喜歡一個人，努力好久才讓他注意到我，當上他的女朋友。」

「現在要我和他分開，我怎麼受得了？假如是東北，距離還算近；可是九州真的太遠了，再怎麼努力也無法每個月見面啊！」

「我怕距離會破壞我們的感情。」

「可是一時之間，我又下不了決心結婚。如果要辭去隊務，在九州另找工作，我又擔心有一天和他分手了該怎麼辦。再說我沒什麼專長，現在又不景氣。」

「我才二十三歲，去年剛升下士，說不定還能繼續升官，要我現在辭職，我不甘心。留在自衛隊，我可以管人，在民營企業根本不可能。」

「不過一想到得分隔兩地，我就好不安。如果因此分手，我一定會後悔的。欸，你覺得我們如果分隔兩地，最後會分手嗎？」

三池的天秤相當微妙，只要在其中一端放上一根稻草，天秤便會往那一端傾斜；而伸下手中正握著那最後一根稻草。

喂，別那麼信任我。不要無條件地相信我會真心替妳和別人的戀情著想，把稻草放在最有利於你們的那一端。

「到底該怎麼做，最後做決定的還是妳。」

仲下拿這個前提當後路，以示自己的一番話持平公正。

「如果妳捨不得放棄工作，可以和中尉商量看看啊！中尉也是自衛官，應該能夠體諒妳的心情。再說，咱們隊上也有分隔兩地卻還是繼續交往的情侶啊！妳也可以提出調任申請，等到有缺額時，就可以調到同一個營區去了。當然，我相信中尉可以給妳幸福，隨他赴任也是個很好的選擇。」

仲下表面上公平地陳述兩種選擇的可能性，其實卻暗中誘導三池做出他所期望的抉擇。連仲下都驚訝自己怎麼能如此奸詐。

三池反覆考慮之後，決定不隨中尉赴任。過了兩個月左右，仲下的期待成真了。

你現在馬上申請外宿。

三池說完這句話，便立刻掛斷電話。外宿必須提前一天申請，仲下再三懇求隊長才徵得許可。前往女子隊舍後，只見三池紅著雙眼等他，一看就知道發生了什麼事。

他們走進剛開張的餐廳，三池幾乎沒吃東西，只是默默喝酒。她的喝法之中帶了種駭人的魄力。

仲下不愛明知故問，但不問又不成；因為三池始終沒有主動開口的跡象。

仲下詢問過後，三池才恨恨地低聲說道：「他變心了。」情緒一口氣漲到了最高點。

「才兩個月耶？你敢相信嗎？就算相隔再遠，不過兩個月就變心？太過分了吧！」

啊，原來她還挺有活力的嘛！仲下暗自鬆口氣，擺出這會兒才知道的表情附和道：「的確很過分。」

三池氣呼呼地描述來龍去脈，每三十分鐘一輪，說完了一輪又從頭說起。說完第三輪後，三池的情緒突然像電力耗盡一般低落下來。

「他說是我的錯。」

「……什麼意思啊？」

「他說都是因為我不隨他赴任，他才變心的。還說他的新歡對他說：『要是我，一定會辭掉工作跟你去啊！我覺得她根本不愛你。』然後他就問我……」

三池表情並未改變，唯獨淚腺靜靜地決堤了。

「『妳真的愛我嗎？』」

啊——這就是致命傷啊？這一擊的確很重。話都說成這樣了，當然只有——

「……你們分手了？」

伸下戰戰兢兢地問道，三池冷笑：「不然還能怎麼辦？」

「當初對他說我不想放棄工作的時候，他說有我這樣的女朋友，他覺得很自豪，還說同為自衛官，他很尊敬我的信念與熱忱；說什麼雖然分隔兩地很寂寞，不過我們一定能夠兼顧工作與愛情。說得那麼動聽，結果呢？我對他真的是徹底寒心……！」

抽噎聲轉為嗚咽聲。伸下找不到安慰她的話語。

這是懲罰嗎？心愛的女人弄得遍體鱗傷，自己就在身旁，卻無法為她做任何事。而且她受傷的原因追根究柢正是自己。

當初伸下表面上裝得公正持平，暗地裡卻不安好心。他壓根兒不信一對情侶分隔日本兩端還能堅定不移，卻利用三池期望兩者兼顧的心情，說些大道理來慫恿她留下來。

伸下心裡淡淡期待著他們感情生變，而如今三池果然在眼前放聲大哭。

他並不想見三池如此傷心。他只是期待他們兩人的感情逐漸轉淡，自然消滅而已。其實我根本沒勇氣追求三池，抱著這種膚淺的期待又有何用？

伸下並不希望他們以如此殘酷的形式分手，如今卻不得不承認自己的期待就是如此殘酷。我只是希望他們的感情自然轉淡，我的心腸沒那麼壞──這個自欺欺人的假面具被硬生生剝了下來。

然而伸下還得厚著臉皮擺出朋友的姿態陪著三池。承受不了良心苛責的他，便跟著三池一起藉酒消愁，喝得酩酊大醉。

事後回想起來，他實在不該逃避於酒精之中。

我再也不和自衛官談戀愛了。我無法忍受自衛隊的男人背叛我不願放棄工作的心，因為我不想對夥伴失望。

伸下最後只記得三池說了這番話，之後的記憶便是一片混亂，因此他也不知為何會演變成那種情況。

宿醉醒來時，伸下發現自己並不是在隊舍裡。嵌了一堆鏡子的廉價裝潢顯然是出自於某種特定用途的住宿設施。

睡在身旁的三池一絲不掛。

伸下用不著照鏡子，也知道自己的臉色是一片鐵青——天啊！他的心境當真是叫天天不應，叫地地不靈。

「爛透了……」

三池似乎被伸下的呻吟聲給吵醒，微微地張開眼皮。她那睡意朦朧的雙眸逐漸清醒，接著整個人猛然彈起。

「……我該不會酒後亂性了吧？」

「該說是妳亂性，還是我亂性……？」

他們的確酒後亂性了。

「等等，這一定是搞錯了！說不定只是睡在一起，什麼也沒發生？」

「雖然我的記憶模模糊糊，不過我確定有做過。我還記得感覺很爽。」

「哇！你在說什麼啊？太露骨了吧，大色鬼！」

「妳完全沒知覺嗎？」

伸下反問，三池沉思片刻，說道：

「這麼一提，好像有點刺刺麻麻的。」

「妳才露骨咧！」

天啊！抱頭哀嚎的三池對於伸下反駁的話語充耳不聞。她一沉默下來，氣氛就顯得格外尷尬。

「——對不起，我……」

伸下才剛開口，便受到了反擊。

「當作沒發生過吧！」

「啊？」

「我不是說過絕不再和自衛官談戀愛了嗎？所以這只是一場單純的意外，把昨天抹消掉吧！」

「妳居然把和我共度的一夜稱為意外？而且還只是單純的？」

「你有什麼意見啊？你也不希望朋友關係變得尷尬吧？」

見三池說得如此斬釘截鐵，心中有愧的伸下無從反駁。

「糟了，現在幾點了？」

三池猛醒過來，慌慌張張地找時鐘。

「天啊！離起床號只剩一小時了！」

兩人跳了起來，開始整理儀容。不在起床號之前歸隊，難以做士兵的榜樣。

那一夜發生的事便被這一陣手忙腳亂給帶過了。

之後，三池果真如她所宣示的一般，將所有自衛官屏除於戀愛對象之外。

「我一定要找到比他更好的人！」她開始積極參與一般人的聯誼，但在隊上炙手可熱的ＷＡＣ對上一般人時似乎佔不了上風，手機號碼是增加了不少，但有下文的卻是寥寥無幾。其實告訴仲下這些事的不是三池，而是萩原。三池似乎也還記掛著那場「意外」，不再和仲下談論戀愛話題了。

說歸說，仲下依舊是三池方便的工具，每當三池被甩或分手時，仲下總得陪她喝悶酒。她正是靠著這個方式來補充逐漸失去的自信——欸，我真的那麼缺乏魅力嗎？既然要當作沒發生過，就別找我補充自信！我也會痛啊！妳太自私了。仲下雖然這麼想，但虧欠三池的他又豈能口出怨言？心知仲下不會埋怨而拿他補充自信的三池的確是自私的。既然無意在我身邊靠岸，又何必停留？

三池與中尉分手後的三年間，仲下大約聽了五、六段痛徹心腑的失戀故事。仲下陪三池一起去喝酒時，變得滴酒不沾。

他不願再藉著酒意趁虛而入了。與其再次受罪惡感折磨——

他寧可被吐得渾身都是。

＊

三池醒來，映入眼簾的是熟悉的隊舍寢室。啊，又來了。她暗自想道，抓起枕邊的鬧鐘鑽進被窩一看，時間已將近中午。

同寢室的萩原聽見窸窸窣窣的聲音，向她說了聲：「『早』啊！」現在時候的確不早了，三池只能默默承受這句問候。

「就算是假日，妳也未免太怠惰了吧？下士。」

三池還記得自己早點名時曾起床漱過一次口，後來又鑽進被窩睡回籠覺。

「啊……」

三池開了開嗓子，發出來的聲音因酒精而呈現完全嘶啞的狀態。

「我昨天幾點回來的……？」

０２００。萩原以自衛隊的計數方式表達凌晨兩點之意，啼笑皆非地轉向三池。

「妳還真有膽識啊，完全不問是怎麼回來的。」

「還用得著問嗎？」

三池知道是伸下送她回來的。

「妳昨天吐在伸下的衣服上。」

「呃？」

她在伸下面前出過的洋相不少，不過嘔吐倒是第一次。

「我看裡頭那件毛衣就算送洗也沒救了。」

「哇，那麼嚴重啊？」

「根本可以歸類成廚餘啦！毛線全毀了。妳可要賠人家啊！伸下穿的衣服其實還挺高檔的。」

「嗚，這個月可能沒辦法。」

三池並非花錢如流水的人，不過伸下有時穿的衣服不是發薪日前的財產買得起的。

「我說妳啊，別再把伸下當成便利的工具行不行？」

這記無助跑便直接投出的球嚇壞了三池。

「他未免太可憐了。妳明明一開始就判人家出局了，卻老在沮喪的時候依賴他，把一塊肥肉吊在人家面前晃啊晃的。伸下又不是木頭人！」

「我和伸下不是那種關係啦！」

「我知道妳受過創傷，可是有必要這麼決絕嗎？連嘗試的餘地都沒有？」

萩原完全進入說教模式。

「別的不說，妳根本沒有看男人的眼光，和妳愛上的人在一起鐵定會失敗的。妳也差不多該認清這一點了吧？就拿調任的中尉來說吧，我從前不就跟妳說過，他不是溫柔，是優柔寡斷嗎？妳看，果然被那邊的女人一勾就走了。」

萩原說話向來不留情面，這會兒又用她得意的連珠炮攻擊無情地轟炸三池的舊傷。

「像妳這種沒眼光的女人啊，跑到人生地不熟的外界找對象，根本是自殺行為。更何況妳每次都找那種根本不適合妳的，所以才老是被玩弄。就這一點而言，和伸下交往不是很划算嗎？無怨無悔地陪著妳這種狡猾的女人，從來不求回報。」

「我不是說了，我和伸下不是那種關係。」

三池咕噥地反駁。

「我們只是朋友啦！我和他認識八年了，他從來沒有追過我啊！」

其實他們曾出過一次妻子，不過那次是酒後亂性，並非伸下對她有意——應該是。三池甚至懷疑是自己為了洩憤而霸王硬上弓。

三池也曾自問為何入隊以後從沒和伸下交往過，然而時機一直錯過是事實，最後也只能解釋成她與伸下之間沒有那種緣分。

「我話說在前頭，伸下也不是誰都使喚得動的。」

「他只是對朋友比較好罷了。」

三池皺起眉頭來。

「如果他有那個意思，多得是機會行動吧？」

自從那回酒後亂性以後，伸下陪三池喝悶酒時就變得滴酒不沾。這不就代表他拒絕演變成男女關係嗎？

「我看是妳先說話梗住人家吧？」雖然萩原這麼說，不過——

即使伸下對三池有意，對三池而言，被伸下背叛是種致命傷，她沒有那麼大的勇氣冒著這種風險與伸下交往。

伸下與其他人不同，是三池可以無條件信任的夥伴；倘若連他也像從前的中尉一樣殘酷地背叛她——

三池沒把握能在自衛隊繼續待下去。

「妳們聽清楚了！（以下省略）」

＊

三池每天依然精神奕奕地對著新進隊員進行近乎語言暴力的訓話。

看來她心情好多了。伸下一面聽她訓話，一面訓練。

上回的悶酒事件過了約半個月，發薪日總算到了，三池又邀伸下出去。

她說要賠償那件被她吐壞的衣服。外套送洗過後倒還能穿，不過裡頭的毛衣卻報銷了，因此伸下就恭敬不如從命，乖乖讓她出錢。

明明是自己說要賠償的，一到付錢時，三池又開始抱怨價格太貴。伸下不過是重買一件一樣的毛衣而已。

「拜託你下次陪我喝酒時穿便宜一點的衣服來好不好？像你這種貨色，穿福利社賣的休閒服就夠了啦！」

「妳是哪國的女王啊？而且妳下次還要吐啊？饒了我吧！」

「我又沒說我還要吐，只是以防萬一而已。」

三池完全恢復暴君本色，看來失戀的痛楚已經消退許多。

買完衣服已是傍晚，三池又表示要請伸下吃晚飯。

「妳今天怎麼這麼大方啊？又有什麼企圖了？」

仲下調侃道，三池面帶尷尬地抓了抓腦袋。
「萩原訓了我一頓……不先還你人情，下次怎麼好意思再麻煩你？」
仲下還是頭一次看見三池在意起添人家麻煩，不過難得有免錢的晚餐，他沒理由拒絕。隊舍的餐點雖然也不用錢，但味道卻是天壤之別。
三池挑選的異國料理店味美價廉，只要敢吃辣，倒還不賴。
「女人對餐廳果然很有研究。」
隊上的男人全都是重量不重質，常去的大多是大學生喜愛的便宜連鎖店。唯一美中不足之處便是太吵。仲下瞥了吵鬧聲的來源一眼。時間才剛過七點，坐在附近的客人卻已經醉態酣酣，開始大聲喧嘩。
三池似乎也覺得吵，時而皺起眉頭。
「平時沒這麼吵啊！」
有個身穿西裝的上班族從人聲鼎沸的桌席起身走來，大概是要去上廁所。仲下朝那群吵鬧的人瞥了一眼，對方也注意到他們，快步走近。
仲下一臉錯愕，只見那人帶著介於熱絡與裝熟之間的笑容，將身子探進他們的包廂。
「這不是舞子嗎？」
三池措手不及，愣在原地，臉色一片鐵青。這個五官長得極為好看的男人堆著滿臉笑容，大剌剌地將手放到桌上。
「他是誰啊？」

仲下問道，三池低著頭回答：「之前的……」光憑這三個字，仲下便明白他是誰了。

「妳介紹的這家店真的很不錯，我辦慶功宴時常來。啊，這一位是妳現在的男友？幸會！」

男人似乎完全沒把分手時的事放在心上，一張嘴說個沒完；他發現三池一直僵著臉沒答腔，歪了歪腦袋。

「咦？妳怎麼無精打采的？啊！妳是不是還記掛著分手時打我一拳的事？不用自責啦！我沒放在心上。」

我該趕他出去嗎？仲下的立場相當微妙，掌握不了主導權，只能小聲詢問三池：「要不要回去？」但三池只是低著頭，一動也不動。這個重逢來得太突然也太不是時候，令她方寸大亂。

男人的大嗓門引來留在座位上的其他同伴，只見他們一齊靠了過來。

「怎麼啦？你的朋友啊？」

「嗯，就是之前那個啊！」

男人一回答，他的同伴便開始哈哈大笑。「哦，原來是那個啊！」三池雖然不明就裡，卻也感覺得出自己成了他們的笑柄，肩膀更加僵硬了。

「欸，聽說妳有腹肌？」

三池的臉頰一片通紅，連在柔和的燈光之下也看得出來。

「哇，我也好想試試看！既然身體練得這麼結實，那方面應該也很強吧？」

「你這是什麼話啊！性騷擾、性騷擾！」
酒品不佳的醉漢集團一面說著黃色笑話，一面捧腹大笑。
咚！一道用力捶桌的聲音與碗盤彈起的聲音重疊，嚇得醉漢們紛紛倒抽一口氣。
伸下抬起腰來，朝著三池的前男友探出身子。
「羞辱女人很有趣嗎？」
前男友懾於伸下凌厲的視線，結結巴巴地說道：
「只是開玩笑嘛！你何必……」
「腹肌有什麼好笑的？你以為打扮得花枝招展、喝得醉醺醺的當得了軍人啊？我們每天操課，就是為了在出事的時候保護你們。光是耍嘴皮子，練得出腹肌來嗎？」
哇，好恐怖！前男友的同伴們喃喃說道，面帶尷尬地一哄而散。前男友也想逃，但伸下怒目相視，不放他走。
「個頭比你矮小的女人為了保家衛國這麼拚命，你沒慰勞她也就算了，憑什麼羞辱她啊？」
前男友不敢直視伸下，視線四處游移，口中唸唸有詞地辯解著，但伸下完全聽不清他在說些什麼。
伸下不想再理會他，拿起座位上的外套，說道：
「三池，走吧！」
三池連忙抱起私人物品。伸下拉著她的手臂扶她起身，走向櫃檯。走到半路，三池突然拉住伸下的手。
只見她轉向仍愣在原地的前男友，撂了句狠話：
「幸好我沒和你上床！」
她的聲音微微顫抖著，應該只有身旁的伸下發現。三池撂完狠話後，又躲到伸下背後。原來她還挺外強中乾的。

走出店門，三池的淚水潸然滑落。她逃到路旁，抹了抹眼角。
「對不起。其實我已經不在乎了，只是有點驚訝而已。」
三池連珠炮似地辯解道，露出了笑容，但淚水一時間卻停不住。
「我真的嚇了一跳。幸好有你在，謝謝。」
「……算我求妳！」
伸下忍不住大吼，見三池嚇得縮起肩膀，他的氣勢反而衰退了，接著別開視線，放低音量說道：
「別和那種男人交往。」
就算不和我交往——
「以妳的條件，需要被那種男人要得團團轉嗎？別作踐自己，不然隊上那些一開始就被妳淘汰出局的男人豈不是太可憐了？」
隊上的男人——其實伸下說的是自己。

仲下拿出手機，打開電話簿。三池癟著嘴問他打給誰，他一臉不快地回答：

「打給我們兩個的隊長，請他們幫忙弄外宿許可。遇上這種鳥事，要是就這麼回去，豈不是一肚子鳥氣？我們再去喝一攤！」

換了家店以後，三池始終維持在亢奮狀態。

「我也太沒眼光啦！居然看上那種男人，太爛了吧！」

雖然她的語氣之中隱含著微妙的自虐，至少不像上次那樣自怨自艾，而是拿前男友來當箭靶。就某種意義上，還算是健康的發洩法。

「老實說，我早就覺得妳的男人品味有問題！每次找上的都是爛人！」

「說得好狠！可是沒得反駁！」

仲下宛若與三池拚酒一般，一杯接著一杯。三池見狀，喃喃說道：「你今天破戒了啊？好棒！」又嗤嗤笑了起來。

或許是因為正在興頭上，三池越喝越猛；待店家打烊時，她已經處於不拄著仲下便走不動的狀態了。一如往常，又是渾身空隙。

車子只能留在路邊，隔天再來開了。仲下走到大路上攔計程車。

「你要去哪裡啊？」

「還能去哪裡？當然是回營區啊！妳喝醉啦？」

話一說完，仲下才想起三池本來就喝醉了，忍俊不禁，便開始大笑起來。看來他也醉得挺厲害的。三池也跟著笑，兩人的笑聲又帶動彼此的笑意，結果笑到肚子發疼才停止。

「啊！肚子好痛！」

好不容易止住笑意，三池突然垂下攀著伸下的手臂，用掌心握住他的手指。透過手指的觸感，伸下發現這是三池頭一次對自己做出這種舉動。過去他和三池之間從未有過這種親密的觸感。

「今天……」

不回去也沒關係。三池垂著頭輕聲說道。

一瞬間的猶豫令伸下錯失當成玩笑的時機。為了確認三池的心意，伸下張開手指握住三池，而三池的手指也回應了他。

哇！這也是空隙嗎？如果是，那可是有史以來最大的空隙啊！

「……我今天喝了酒，可不會主動踩煞車。如果妳只是一時衝動，現在立刻放手。」

三池的頭垂得更低了——她緊緊握住伸下的手。

混帳，就算是空隙我也不管了！

伸下猶如脫韁的野馬，緊緊抱住三池。

一陣陌生的鬧鈴聲響起，三池連忙跳了起來。

她在枕邊摸索一陣，找到一個黏在床頭櫃上的鬧鐘；她亂按一通，不知按著哪個正確的按鍵，鬧鈴聲總算停止了。

這裡似乎是某個賓館的房間。三池身旁並沒有人，衣服也還穿在身上。鬧鐘設定的時間是隊舍起床時間的兩小時前，設定的人現在不在此地。

「哇，我怎麼了？」

她甩著鈍痛的腦袋起身一看，發現茶几上放著車鑰匙，鑰匙下又墊了張紙條。三池對那個鑰匙圈有印象，那是伸下的鑰匙。

紙條上有著一排微微往右上方傾斜的文字，一樣是三池熟悉的字跡。

起床後開我的車回來。

P.S.與其睡著讓我乾瞪眼，不如一開始就別挑逗我。

「唉呀，真對不起他……」

連衣服都還沒脫就睡著，的確是太過分了。

事到如今才說自己不是故意的，也只是狡辯而已。三池拿起紙條，在光線的照射之下，她發現背後也有文字。

三池翻過紙條一看——

我居然喜歡這種女人八年，看來我的品味也很差。

「啊！混蛋！」

三池忍不住大叫。

「寫了就跑啊——？不對！」

你幹嘛不早講啊！她在肚子裡大發牢騷，隨即又開始後悔起來。

「……我不該睡著的。」

難得時機到了。三池垂頭喪氣——不，還沒完呢！

若是她現在就打退堂鼓，不知下一個時機何時才會到來。伸下已經等了八年，隨時可能放下這段感情。

你以為打扮得花枝招展、喝得醉醺醺的當得了軍人啊——當時是伸下替她說出了她的心聲。

如果連伸下也背叛我，我一定會一蹶不振。這正代表伸下對我有多麼重要，難道我連試都不試，就要放棄如此重要的人？

三池抿緊嘴唇，衝進裝潢華美的浴室裡梳洗。

＊

離起床號還有一小時以上，伸下卻被手機鈴聲給吵醒了。他在室友的噓聲攻擊之下慌慌張張地衝到走廊上。

是三池傳來的簡訊，內容寫著要歸還鑰匙，叫他到停車場來。操課結束後再還鑰匙就行了，她卻偏偏要挑在一大早把人吵醒。這就是三池的作風。

這女人真是的。

伸下一面咕噥，一面穿過冷颼颼的朝霧，往停車場走去。三池已經把車開到伸下的車位上等著他，她那身睡皺的衣服令伸下回想起昨夜，不由得尷尬起來。

三池將鑰匙交還伸下，一陣微妙的沉默流動於兩人之間。她抓住伸下的衣袖。

「昨天很抱歉。」

見三池為了這種事向自己乖乖道歉，伸下只覺得既難堪又窩囊。

「不過我並不是一時衝動。」

——此話當真？伸下一時間不敢相信，露出訝異的表情。三池抬起頭來瞪著他。

「視情況而定，下次要我不喝酒就上也行。」

「……妳說話能不能文雅一點啊？」

什麼上不上的，不能換個說法嗎？八年來的宿願好不容易到了實現的關頭，卻一點情調也沒有。

「長久以來，我在隊上最信任的男人就是你。如果連你也背叛我，只怕我再也無法振作了。」

伸下立刻意會三池要求的是什麼。他可不是白白在她身邊守候這麼多年。

三池在真駒內已經待了四年，伸下也待了三年，隨時可能調任。

嗯，這些年來妳為了追求什麼而落得一再遇人不淑的下場，我再清楚不過了。

「我想我們彼此都無法保證分隔兩地之後感情不會生變，不過至少我能保證，如果生變的原因在我，我絕對不會把錯推到妳頭上。」

再說——伸下又補充一句：

「我這個人拖了八年還不懂得死心，大概沒那麼容易變心吧！」

三池的臉皺成一團，大聲吼道：「合格！」

妳真的是個徹頭徹尾的暴君耶！伸下苦笑。

Fin.

能幹的女友

過了三十歲以後，只怕你不敢開口求婚啦！

——十年老友的忠告似乎漸漸成真了。

＊

＊

潛水艇結束預定的航海行程，在傍晚時分駛進橫須賀港，往潛艇碼頭靠岸。

辦完靠岸後的船上業務之後，第一批上岸人員開始下船。夏木大和中尉這回也幸運地分配到第一批，不過他尚有雜務在身，仍拖拖拉拉地留在船上。

雜務一時之間難以解決，夏木便趁著空檔爬上瞭望臺。他本想打電話，但是甲板上有警衛站崗，不方便打私人電話。

泛紅的天空從升降筒正上方的艙口探出臉來，似乎已經有人先他一步登上了瞭望臺。他爬上舷梯，從艙口探出頭來一看，原來老友——和夏木同為中尉的冬原正在上部指揮所中講手機。冬原發現夏木之後，便以視線打聲招呼，爬上瞭望臺頂端，空出位置給夏木。

「……嗯，我已經入港了，晚上應該就能回去，不過大概無法趕在孩子就寢前到家。」

冬原平時說話很毒，不過打電話回家時的語氣卻是判若兩人的溫柔。

「那我回去之前會再打電話通知妳。」

掛斷電話之前，冬原又添上幾句話。那些是夏木不相信日本男人居然說得出口的甜言蜜語，若是他被刀抵著脖子或許會說，不過他會優先嘗試奪刀。

「你也要打電話給女朋友啊？」

冬原闔上手機問道，夏木含糊地應了聲嗯。

「——我待會兒再打。」

慢著。見夏木轉身就要回去，冬原立刻抓住他的衣領，輕輕將他拉回來。

「一到關鍵時刻就打退堂鼓，是你的壞習慣。我馬上自動消失，你現在立刻打。現在不打，得等到回隊舍以後才能打；等回到隊舍以後，你又要說時間太晚不打了，對吧？」

不愧是十年的老交情，冬原的預測可信度極高。

「等待的人日子比較難捱，但她們依舊肯等，所以我們得勤快一點，不然可會遭天譴的。」

潛水艇航行中無法與外界聯絡，在海自各分隊裡，戀愛難度可說是首屈一指，說不定居陸海空三軍之冠。不但認識異性的機會少，維持感情也難。

絕大多數的分手理由都是感情自然淡掉，其次則是航海中女方移情別戀。常有人說與海自隊員交往便等於等待，與潛艇水手交往尤以為甚。

手機普及之後，海上船艦要在航海中與外界聯絡變得容易許多，但潛水艇通常在水中航行，得等到靠岸之後才能對外聯絡。

戀愛的成敗可說完全取決於對方能不能等。縱使對方等不下去，也是要求對方做這種不合理等待的水手理虧，怨不得人。

若是交往對象比自己小五歲，就更不用說了。

「不知道她是不是還在等？」

或許她已經不等了。每回聯絡前，夏木總會這麼想。

冬原微微一笑。「沒想到你這麼膽小。」

要你管！夏木滿臉不悅。

「我不像你手腕那麼高明。」

「話說在前頭，其實我的手腕並不高明。從前我不夠勤快，不知道害聰子掉了幾次淚。現在她也常常怪我簡訊寫得太短。」

「不夠勤快會遭天譴」這句話，原來是出自親身經歷啊？

「再說，和聰子相比，小望堅強多了。」

我的老婆是個愛哭鬼。這話表面上是埋怨，其實是炫耀。

「好了，你快打電話讓她高興一下吧！」

說著，冬原便走進升降筒。夏木目送他離去之後，打開手機。女友「森生望」的名字登錄在電話簿中最容易叫出的位置。

之所以建在最容易叫出的位置，是因為撥打時最費氣力。

要是我現在不打，事後冬原一定又會去告狀。夏木對自己找藉口，按下了通話鍵。冬原與望從以前便是盟友關係，過去曾有幾次夏木拖拖拉拉沒聯絡，望經由冬原才得知他們已經回港，生了好久的悶氣。當時夏木費盡九牛二虎之力才平息望的怒氣。

電話才響了兩聲就接通了。「喂，我是望！」自報名字的聲音聽起來極為興奮，令夏木明白她還等著自己，不禁鬆了口氣。

「我是夏木，今天回來了。」

夏木的第一句話總習慣用敬語，接著才又加上一句「好久沒聯絡了」。上一回從港口聯絡是一個月以前的事。

妳還好嗎？夏木又問道，望一面在電話彼端表示自己過得很好，一面竊笑起來。

「咦？妳笑什麼？」

「你打電話給我的時候，頭幾句話一定都是這麼說。」

「……是嗎？妳幹嘛記這種無聊的事啊？」

「好過分！我是喜歡你才特別記住的耶！」

「別取笑我，混蛋！」

脫口罵了混蛋之後，夏木微微皺起眉頭。他們倆不知已經為夏木的口無遮攔爭吵過幾次了，夏木還是改不掉這個壞習慣。打從剛相識時，夏木便是如此；當時的望選擇暗自飲泣，現在會正面爭吵，對夏木而言是種值得慶幸的轉變。

望有時會斤斤計較用詞，不過這回她心情好，沒放在心上。

「這次你可以待多久？」

「大概一個月。」

夏木答得含糊，望也沒追問下去。她知道夏木不能說出明確的出入港行程。

「好，那我去訂短期套房。」

他們相聚的時間本就不多，加上望又住在家裡；因此望在去年提出一個方案——夏木上岸期間，租個短期套房一起生活。

呃，這樣不好吧？夏木聽了手足無措。一來他剛認識望時，望還是學生；二來他與望的家人也相識，總覺得有點心虛。

你在說什麼啊？都幾歲人了，在外頭過夜還說什麼都沒做過，誰相信啊——被望這麼一說，夏木啞口無言。

坐穩望的男友位置，望又不排斥婚前性行為——要是這樣還沒發生過關係，那夏木不是不舉就是同性戀了。

「什麼時候能見面？」

「這禮拜都是上岸假。」

「……ＯＫ，就租每次那一家，從明天開始。我是用你的名字租的，你白天先去拿鑰匙，打開門窗通風。我下班以後會直接過去。」

辦事俐落的女友一面講電話，一面上網辦妥了租賃手續。

夏木想起一年前望提出這個方案時也是這樣。當時夏木剛滿三十，望則是二十五歲。

幸會。

＊

頭一次見面，當然說幸會。

夏木與望是因為某個事件相識，而他們的相識又分為兩個階段。起初的望是學生，後來則以防衛廳技師的身分出現於夏木面前。望在這段空白期間內成長為強勢又獨立的女人，逼著夏木交換聯絡方式之後，又立刻提出交往要求。

我喜歡你，請和我交往。

自從重逢之後，夏木便一直處於被動，本來還想著至少這件事要主動開口，如今被望搶先，不由得面露難色。見狀，望也鼓起腮幫子。

「像夏木先生這種說話難聽、神經大條的人，也只有我會倒追了，居然還猶豫，好過分！」

妳這番話就不過分嗎？

「好、好，非常感激您願意紆尊降貴和在下交往！」

夏木一時氣惱，又不經大腦地回了句難聽話，結果望突然哭了。

「不願意就算了，對不起。」

話一說完，望便轉身離去，教夏木慌了手腳。咦？為什麼？生氣倒也罷了，為什麼突然哭著走掉啊？

他抓住望的手臂。當時他們人在大馬路上，雖然情況緊急，夏木依然不敢抱住她，只能口頭問答。

「是妳先損我的耶！我不過是回敬妳而已，妳幹嘛哭啊！」

夏木是真的不明白才問，連他都覺得自己實在是無可救藥。望抽抽噎噎地回答：

「因為你看起來很不情願啊！」

哦，原來如此。到了這個節骨眼，夏木總算明白了。

望那番話並不是在損他，只是故意使點小性子，想看看他的反應而已。倘若真是如此，夏木的反應可謂糟糕透頂。

「對不起。」

要夏木闖口舌之禍輕而易舉，但要他狗嘴裡吐出象牙來，可就是難上加難了。

「我只是希望能主動開口而已，抱歉。我一點也沒有不情願啊！對不起。我非常想和妳交往，是我錯了。我真的很喜歡妳，原諒我吧！」

說一句道歉一句的戰法似乎讓望感受到他的誠意，只見望破涕為笑：「真狡猾，這樣我怎麼好意思繼續生氣？」

「對不起。」

「天啊！別再道歉了！」

夏木的謝罪似乎點中望的笑穴，她開始捧腹大笑。夏木不期然地成了小丑，不過總比讓望哭泣來得好多了。

「拜託妳，繼續生氣。」

夏木懇求，望露出訝異的表情。「一般該說保持笑容吧……？」

「不，妳也知道我就是這副德性，說話難聽和臉色難看這兩點改得了的話，我早就改掉了。」

夏木不願見望傷心，當然願意努力改正，但他實在想像不出自己的言行態度變得溫和穩重的樣子。

「我想我以後還是會說很多不中聽的話，為了一些蠢事和妳吵架；這種時候，我希望妳能生氣。與其掉眼淚，我寧願妳生氣。」

望之後似乎盡她所能地迎合夏木的期望，常把「剛才的話好過分」、「我生氣了」掛在嘴邊，與夏木爭吵，夏木這才驚覺自己無心的言行居然傷害了望這麼多次。

雖然上岸期間不長，但夏木與望能夠持續交往三年，全得歸功於望。

*

上岸隔天，夏木向隊舍提出最大日數的外宿申請，扛著偌大的行李外出。外宿期限到了，他就重新申請一次。在外租屋的隊員幾乎都是採用這種方式，鮮少回隊舍居住。

隊長收下申請書後，調侃道：「又是短期同居啊？」如果反應過大，就正中他的下懷，所以夏木只是淡然回答：「嗯，對。」

「為什麼你們不結婚啊？雖然這樣也和結婚差不多了，可是每次上岸都要搬一堆行李過去，不是很麻煩嗎？再說你年紀也不小了。」

這種神經大條的毛病似乎不只夏木有，而是全隊的通病。

「潛艇水手向來晚婚，像我這種年紀還單身的人並不少。」

不光是潛艇水手，許多隊員升官之後依然單身住在隊舍之中。

「那是因為他們沒對象啊！你有個那麼漂亮的女朋友，這種歪理哪說得通？」

女友在防衛廳工作就是有這點壞處，來歷背景全被摸得一清二楚。有一回望換了部門，居然其他隊員比夏木更早知道。從他人口中得知女友消息的感覺很奇妙。

「聽說她是個優秀的技師啊？對自衛官來說，這可是求之不得的對象啊！你到底對人家有什麼不滿，一直不結婚啊？」

沒有任何不滿。我怎麼可能對望不滿意！

饒了我吧老爹！他原以為自己只是在心裡暗自叫苦，沒想到全顯露在表情上了。隊長探出身子來，進入說教模式。

「你可別仗著人家喜歡你就拿喬，小心有一天讓她給跑了。你要知道，同一個部門裡想追她的人一堆，你又是個潛艇水手，一年當中大半時間不在陸地上。要是太過悠哉，最後哭的是你！」

隊長毫不留情地戳著夏木的痛處，最慘的是他完全出於好意，所以更教夏木哭笑不得。

我記得詢問婚期不也算是性騷擾的一種嗎？夏木搬出一知半解的知識，不過這種觀念在粗枝大葉的男人之間豈能管用？
「我和女朋友還有約，先失陪了。」
雖然約定的時間是晚上，夏木還是拿望當藉口，逃之夭夭。
夏木到辦公室領取鑰匙，打開分配到的房間；或許是由於封閉多時之故，房間裡有些許塵埃味。
正當他忙著曬棉被、吸地板時，對講機響了。有什麼手續沒辦好嗎？
「夏木先生，是我，翔。」
原來是望的弟弟。望讀高中的時候，他還是小學生。自從與望開始交往，夏木與女友的弟弟便一直維持著良好的交流。
夏木一打開門，翔就把一只行李袋丟進來。
「我替我姊送行李到辦公室，管理人說房客已經來了，所以我就上來啦！」
說著，他便自行走進屋裡，顯然已經很熟悉這個套房了。
「你長高啦？」
夏木覺得翔似乎比上回見面時更高一些。聞言，翔如中年人一般嘿嘿賊笑：
「我還在發育期咧！過不了多久就會追過夏木先生啦！」
翔在餐桌邊坐了下來，夏木扔了罐果汁給他。
「學校呢？」

「今天停課。就算沒停課，還是得乖乖替我姊跑腿。」

「沒想到望還挺會使喚人的。」

「沒想到？夏木先生，你被騙了啦！」

翔瞥了客廳一眼，看見擱在一旁的吸塵器。

「你看，她還不是叫你先來打掃？」

「不，這是我自己要做的。」

這會兒輪到翔面露意外之色。「沒想到你還挺勤快的。」

「自衛官當到這個歲數，除了煮飯以外的家事大概都會啦！再說你姊不是對灰塵有輕微過敏？」

這是夏木與望開始同居之後才發現的。翔誇張地皺起眉頭。

「不用理她啦！她在家裡的時候啊，房間都髒到眼睛發癢了還不打掃。對啦，她工作的確是滿忙的。」

話說回來——翔又笑著加上一句：

「你還挺疼她的嘛！」

因為我愛她啊！夏木的個性說不出這種話，只能含糊帶過。

「你們為什麼不結婚啊？」

這回輪到你啊？夏木在隊舍受到的創傷尚未復原，現在又挨了這一記，整張臉不由得栽到桌面上。

「因為我姊懶？不會煮飯？她煮的菜確實難吃得要人命，不過她也在反省了，從去年就開始上烹飪教室。」

「我不是說過了，我對她沒有任何不滿啦！」

聽了這句毫無脈絡的「我不是說過了」，翔顯得一臉訝異，夏木則是尷尬地別開視線。

「……是不是望說了什麼？」

說來可悲，夏木只能這樣旁敲側擊地打探望的心意。誰教他沒勇氣直接詢問本人呢？

「沒有啊！就是因為她什麼都沒說，家人才擔心啊！不知道她和你的感情到底進展順不順利。」

嘖嘖嘖嘖嘖！彷彿有把隱形的刀子刺進夏木的側腹。

「你們……很擔心吧？」

「是啊！畢竟是一家人嘛！」

「呃，其實我也覺得這樣不上不下的，對你們不好交代。」

夏木當真是狗急跳牆，居然和一個二十歲的毛頭小子認真商量起來了。

自從望提出短期同居方案以來，夏木就想過該不該去拜訪她的家長；但是一來他們之間對於將來還沒有明確的承諾，現在就去拜訪家長，似乎操之過急；二來夏木若主動提出登門拜訪，又像是在逼迫望作出承諾，更教他躊躇不前，最後只能乖乖順從望的「我家人不反對」的說法，不了了之。

夏木曾表示若有需要，他隨時可以登門造訪，但望從未拜託過他。

「啊，沒關係、沒關係啦！我們知道是我姊不讓你來的，再說對象是夏木先生，我們很放心。我跟阿姨他們說過了，要是我姊避孕失敗，夏木先生死也會負責的。」

哇！這小子說話居然變得這麼露骨。一想起翔從前天真無邪的模樣，夏木便百感交集。

「反倒是我姊那副德性，個性倔強，剛愎自用。我們還擔心要是有一天夏木先生不要她了，不知道找不找得到下一個男人咧！」

望有那麼潑辣嗎？夏木心中暗暗納悶，說道：

「——用不著擔心，以她的條件，要找幾個都沒問題。」

夏木的回答顯得有點自暴自棄，因為他心裡還記掛著隊長的那句話——同一個部門裡想追望的人一堆。就距離這點，他們具有壓倒性的優勢。

翔不明白夏木為何突然說這種喪氣話，顯得一臉困惑。

望到了近十點才回來。

聽見望在對講機彼端簡短報上名字之後，夏木便打開門。望一見到夏木，就笑容滿面地說道：「歡迎回來！」

啊！混帳，這句歡迎回來實在太窩心了——妳自己還不是累了一天剛回來？

夏木一面點頭，一面回了句：「妳回來啦！」誰知望卻糾正他：「不行，不合格。」

「你要說『我回來了』才對，因為你隔了三個月才回來。」

「好，是！我回來了，歡迎回來。」

「我回來了！」

望一面說著，一面走進屋裡，嗅了嗅味道。「是咖哩耶！」

「嗯，我煮的。現在又要出門也很麻煩吧？」

他們本來約好一起出去吃飯，不過望後來傳了封簡訊表示會晚歸。她隔天突然請特休假，得趕在今天之內把工作做完。

「哇！好棒！你煮的咖哩最好吃了！」

夏木覺得望是在刻意捧他。他用的是市面上賣的咖哩塊，味道任誰來煮都差不多。望不會煮飯，所以一找到機會就想偷懶。

「捧我也沒用，收假以後，飯還是得輪流煮。我比較早回來的時候倒是可以替妳煮就是了。」

「咦？我沒這個意思啊！再說現在的我可和從前不一樣了！」

「哦，聽說妳去上了烹飪教室？」

夏木順口問道，望立刻橫眉豎目：「誰跟你說的？」問完以後，她才想到情報來源只有一個，又鼓著腮幫子說道：「真是的，誰教他多話了！明明是男人還那麼大嘴巴！」

夏木不慎製造姊弟的爭端，連忙打圓場：

「反正遲早都會知道的嘛！」

「我去上烹飪教室的事打算保密的！」

「保密？可是要說妳的手藝是自然變好的，未免太牽強了吧？」

「好過分！」

才剛回到家，氣氛就變得不對勁了。夏木連忙轉移話題。

「妳今天穿得和平時不一樣耶！」

望穿著亮色系套裝，下半身是條及膝裙。平時的望無論私下或上班時都穿褲裝，而且大多是較為素雅的色調，因此今天這種鮮豔的顏色令夏木倍感奇怪。她是不是穿給某個同事看的啊？隊舍的詛咒效力仍在，使得夏木不禁產生了這種自卑的念頭。

望和白天來訪的翔露出相似的——亦即帶著中年人味道的賊笑，比了個V手勢來掩飾自己的羞怯。

「今天你要回來，所以我特別打扮漂亮一點。高興嗎？」

哇！我真是太差勁了！精神上的全力一擊不偏不倚地擊中夏木。

「啊，反應平淡。你不高興啊？」

望的聲音中帶有玩笑二字不足以解釋的低氣壓。糟了！夏木連忙做出興高采烈的樣子說道：

「高興！這麼漂亮的女友為了自己打扮得這麼可愛，豈有不高興之理！」

「一點誠意也沒有。再說以你的個性，怎麼可能會連聲稱讚我漂亮可愛？一定是做了什麼虧心事。」

妳在胡說什麼啊！夏木嘴上敷衍，內心暗自焦急。望又繼續逼問：

「那為什麼你看起來一點也不高興？」
哇！才沒一會兒，就跳進可怕的無限循環裡啦？「反應平淡」惡化為「看起來不高興」，正是爭執延長的前兆。
「沒有啦，我只是有點驚訝……因為妳打扮得太花枝招展了──」
「花枝招展？」
糟了。夏木暗自後悔，但為時已晚。他恨透自己這種老在關鍵時刻說錯話的天性。
「不是啦！是因為妳太漂亮了！剛才只是說太快，妳別想太多！」
「可是你說我花枝招展！一般花枝招展不是什麼好意思吧？為什麼見到睽違三個月的女友會說出這種負面的字眼啊？」
「沒有為什麼啦！妳也知道我不會說話吧？我真的沒有惡意，相信我！」
夏木知道這麼說無濟於事。望只要一拗起來就沒完沒了，而夏木又偏偏用錯詞。連他自己都覺得花枝招展這四個字太難聽了，應該還有其他更適當的字眼。
不知在日期變換之前能不能結束？夏木絕望地看了牆上的時鐘一眼。
夏木反應平淡的理由實在太差勁，他怎麼也不願招認，因此又爭執了許久。不知不覺之間，他們倆改成坐在客廳裡促膝談判。
望相當執著於夏木為何「看起來不高興」這一點，而夏木又提不出具有說服力的說法，導致情況越演越烈，最後望甚至說她這一輩子再也不穿裙子了，夏木連忙勸她打消念頭。

望的氣勢逐漸衰退，鼓著腮幫子一言不發的時間漸漸增多。夏木心知時機到來，偷偷瞄了下時鐘，今天已經快過了（要是看時鐘看得太明顯，又會引發另一場爭端）。也該收場了。

「……欸，我們別再吵了好不好？」

望依然鼓著腮幫子，把頭撇向一旁；但她沒說話，便是她也想停止爭吵的信號。過去的經驗告訴夏木，只要別在這時候犯錯，就能順利收場。

「我們難得見面，難道要一直吵下去嗎？這樣我好難過。」

他略施苦肉計，這招對望應該有效。

「我要怎麼做妳才肯原諒我？」

「逗我開心。」

又是個難題。不過現在的夏木無權抱怨。

「……望既漂亮又可愛，穿裙子當然很合適，今天的裙子也很好看。要是不覺得漂亮，我根本不會提起穿著的事嘛！對不對？」

「我不是要你說這些！」

望的聲音鬧著彆扭。唉，要是我能像冬原一樣在這種時候臉不紅、氣不喘地說我愛妳，鐵定能扭轉乾坤吧！夏木努力了片刻，但這時候又沒人拿刀抵著他，他哪說得出口？

我努力過了，抱歉，這麼說已經是我現在（這是謊言，以後大概也一樣）的極限了。

「我真的很喜歡妳，航海時滿腦子都是妳。」

夏木詢問能不能觸碰望，望點了點頭，他便輕輕拉過望，將她擁入懷中。

「對不起，你剛回來，我還跟你吵架。」

望輕聲說道，聲音斷斷續續，顯然是在忍著不哭。這件事全是夏木的錯，望主動道歉，反而教夏木慚愧；但望道歉的理由及時機卻又令夏木憐愛不已。

夏木說過他寧可望生氣，也不願她掉淚；他知道望為了達成他的願望，吵架時總是拚命忍著不哭，因此更覺得心疼。

已經和好了，沒事了。夏木拍了拍望的背，望終於哭出聲來。她一面交互說著「對不起」和「我喜歡你」，一面哭泣，教夏木心潮澎湃。

等她不哭了，我要是提議晚飯待會兒再吃，不知道她會不會生氣？夏木暗自想道。而他煮好的咖哩果然成了隔天的早飯。

*

剛開始交往時，夏木二十八歲，望二十三歲。

望年輕貌美又積極，而且算是自動送上門來，周圍的人都對夏木能有這樣的女友感到欣羨不已。過去的夏木就算有緣結識異性，也往往被那張嘴搞砸，向來是被人憐憫的對象。

夏木和冬原一樣，自入隊以來老是闖禍，在自衛隊內外的知名度極高。望不但倒追夏木，還把他治得服服貼貼，在橫須賀裡自然成了小有名氣的人物。

據說她讀高中時對夏木一見鍾情，後來便一心一意愛著夏木——這個謠言與事實大不相同，不過愛作夢的飢渴男人最愛這種情節，所以傳得煞有介事。乳臭未乾的黃毛丫頭搖身變為美人再相逢，也是大受好評的戲碼。

大半隊員對於夏木有個年輕貌美的女友都是又妒又羨，每次一逮到機會就要調侃幾句才甘心，對夏木而言是種沉重的負擔；唯有冬原有回突然說了一番發人省思的話。

當時夏木與望交往了一年左右，應邀參加學弟的婚禮；婚宴到了後半，賓客開始四處走動，冬原突然問道：

「夏木，你有考慮過和小望結婚嗎？」

這個問題若是換作其他人問，夏木只會答一句：「囉唆，要你管！」不過冬原是不會為了揶揄或好奇而問這種問題的。夏木與望相識時冬原也在場，豈會抱著看熱鬧的心態來看待他們的戀情？

「呃，這個嘛……」

夏木見到身穿婚紗的新娘時，的確想到了望。不知望適合和式禮服還是西式禮服？望穿哪種應該都很好看——而夏木當然也很想看。

「假如能夠的話，當然……」

夏木答得不乾不脆，純粹只是因為他生性木訥，並不是因為他們倆的感情有任何隱憂。

「你和小望提過這類話題嗎？」

「沒有。」

他們才交往一年，望也才剛入社會；漠然的希望固然是有，不過一下子就要具體談論婚事，似乎太突然了。再說，水手的戀情多了距離這道枷鎖，步調總是特別緩慢；一年當中能夠聚首的時間頂多只有數個月，而且還要扣除彼此忙於公事的時間。有些人覺得這種狀況危險，便會趁早完成終身大事，可是這種事畢竟不是單方面能夠決定的。

「現在還早啦！望才二十四歲。」

「我二十五就結婚了耶！」

「可是嫂子和你同年紀吧？」

「啊，原來你也知道啊？」

知道什麼？夏木一頭霧水，冬原正色說道：

「我勸你最好趁現在提一下這類話題。不先把底子打好，過了三十歲以後，只怕你不敢開口求婚啦！」

不敢二字聽來格外有真實感——或許是因為夏木現在已有這種感覺。

五歲的差距比想像中還要大上許多。

夏木年近三十，自從風風光光交了個女友之後，長官老是關心他何時結婚。雖然長官只是擔心這個情場老是失利的部下，但帶來的壓力卻是極為沉重。

隊舍之中的諫言尤為直接。你身為軍官，卻老賴在單身隊舍裡，像什麼話？早在夏木尚無對象時，就常有人催促他快點結婚，移居官舍；現在有了對象，砲火就更加猛烈了。

反觀望呢？她才二十四歲，對工作還充滿衝勁、懷抱夢想，今後大有可為，根本用不著急著結婚。

夏木豈能因一己之私而將望綁在家庭之中？當然，他沒打算束縛望，可是一旦結婚，難免會有家庭工作不能兩全的時候；望無須急於結婚，若是自己向她求婚，會不會造成她的負擔？別的不說，夏木連望究竟有無結婚之意都還不清楚呢！

夏木試著揣測望的心意，回顧自己的條件：說話不中聽、不溫柔體貼，平時吵架絕大多數的原因都是出在自己身上。老實說，夏木實在不認為自己是個優良的結婚對象。

非但如此——

「我怎麼也算不上主流吧？」

在防衛廳及自衛隊這種組織之中，只有遵循常規且精明幹練的人才方能成為主流；這是和平時期的組織難以避免的趨勢。至於夏木與冬原從年輕時起顯然就是戰時人才，放在平時反而格格不入。

他們這對活寶剛開始實習時，便曾以潛艇受恐怖分子劫持時的反恐訓練為名，在未經長官許可的情形之下進行模擬戰鬥，造成停泊中的船艦內部大亂。當時沒被懲戒免職，全得感謝一手提拔他們的艦長高抬貴手。

艦長曾對他們說：你們只要在戰時好好表現就好。戰時人才確實是軍事組織所不可或缺，不過站在主流派的立場，當然希望他們平時乖乖窩在角落，別惹事生非。到了這個年紀，夏木也知道自己大概一輩子都是這種定位了。

至於望呢？分發到現在的部門之後，她的能力很快便受到肯定，是個前途不可限量的主流派。

前途無量的女技師和潛艇艦隊首屈一指的闖禍精——他們光是交往就已經讓周圍跌破眼鏡了，更何況是結婚？夏木越想越喪失自信。暗地及明地裡一定都有不少人質疑望何必跟夏木這種貨色交往。

「小望喜歡的是非主流的你。」

冬原以安慰的口吻說道：

「你的自卑與不安我能懂，不過你可千萬別懷疑這一點。」

冬原的口吻格外強烈，教夏木不禁猜測冬原在婚前是否也經歷過不少風波，不過他終究沒機會問清楚。

婚宴贈送的喜餅是新娘強力推薦的西點名店產品，因此夏木便趁著和望見面的時候轉送給望。

夏木不討厭甜食，但也不喜愛；既然要吃，就送給懂得品嘗的人吃。這些餅乾對夏木而言數量過多，不過望住在家裡，對她來說應該剛剛好。

夏木走進咖啡館，將紙袋遞給望；望觀看袋中之後，發出歡呼聲。

「這家店的餅乾很好吃耶！好棒！」

望光看包裝，就知道這是哪家店的產品了。不愧是女人，對甜食瞭若指掌。夏木不禁會心一笑。

「聽說是新娘的最愛，店好像開在神戶。妳喜歡就好。」

接著話題自然而然轉到婚宴上。啊！現在或許是談論婚事的好時機？夏木伺機而動。只要輕鬆說句「希望有一天能輪到我們」就好了。

此時，望突然說道：

「這麼一提，前陣子開高中同學會，我們班上居然有好幾個女生已經結婚了耶！」

這本來是提起婚事的良機，但「居然」二字替夏木踩了煞車。

居然——倘若望不覺得「太早」，應該不會用上這兩個字。

「我聽了好驚訝，原來我們已經到這種年紀啦？」

哇，這句話也很微妙。夏木不知該不該提起，最後還是敵不過煞車的威力。

「不過這種事情應該是因人而異吧？」

夏木選了個不痛不癢的回答，望也不痛不癢地說了句「說得也是」，之後話題就不曾再回到結婚之上了。

「我聽了好驚訝，原來我們已經到這種年紀啦？」——要到何時才不值得「驚訝」？夏木覺得應該不只一、兩年，因此在冬原忠告的三十歲那一年，他完全沒有作為。

這段期間的進展，就只有望提出的特殊同居方式；不過望也只說是因為相聚時間過少，並未多說什麼。

到了三十歲，夏木越發裹足不前；如今三十一歲都過了大半，還是不敢採取任何行動。

*

某個平日的白天，望仍在上班時，冬原打了通電話知會一聲，便前來拜訪夏木。

「你不用黏著孩子啊？」

孩子認不得自己，乃是所有水手共通的煩惱，冬原也不例外；因此他休假期間總是將所有心力投注於培養親子感情之上。

「兩個孩子都要上幼稚園，白天不在家。」

「哦？小的那個也上幼稚園啦？」

夏木以前看過兩個小孩的照片，一眼就可看出是冬原夫婦的孩子。

「我叫聰子在我休假期間替他們請假，結果被罵得狗血淋頭。」

有什麼關係啊！也不過才一星期而已。冬原嘟著嘴說道，看來他無理取鬧了很久，才挨太座罵。

「啊，這是聰子要給你的，盒子有空再還就好了。」

佔據沙發的冬原遞了一個紙袋過來，裡頭有好幾個保鮮盒，裝的似乎是一些燉煮料理。

望和夏木的烹調技術都不高明，冬原夫人常會煮一些家常菜相贈。看來今天冬原便是專程送菜餚來的。

「真不好意思，代我向嫂子說聲謝謝。」

夏木滿懷感激地將菜餚收進冰箱之中，並拿出飲料。這回和翔來的時候不一樣，他可以毫無顧忌地拿出啤酒來。

「你那邊情況如何？」

夏木問道，冬原露出略為受傷的表情。「洋果然不記得我了。」他說的是長男。附帶一提，冬原家兩姊弟的命名方式極有水手風格，姊姊取名叫「海」，弟弟取名叫「洋」。

「一看到我就哭，太傷人了。」

「這就是你目前的煩惱啊？」

「嗯，還有就是希望能再生一個。不過我總是不在家，這樣聽子的負擔太重了。」

兩個孩子出生時，冬原人都在出航，無法陪產。

「是啊！和水手結婚就是這樣。」

海自隊員的妻子個個都很偉大。別說生產時丈夫不見得陪在身邊，就連一般家庭中能夠仰賴丈夫的時刻，丈夫也大多不在。

家裡出了任何問題都得一個人解決。就拿聽子夫人來說，結婚前她連鋸子也沒拿過，如今木工水電方面的功力都強過冬原了。當然，這也和官舍的老舊破爛有關。

一想到這些問題，夏木就更是躊躇不前。

果然很辛苦啊！夏木喃喃自語，耳聰目明的冬原立刻抬起眼來問道：

「你在煩惱什麼啊？結婚問題？」

「啊……」

夏木結結巴巴，不知該肯定還是否定；冬原見狀，逕自作了解釋：「看來你周圍的人也開始催婚啦！」

「你和小望沒談過這件事嗎？」

「沒有。」

啊？冬原毫不客氣地露出詫異之色。

「你們每次上岸都住在一起，居然完全沒談過？」

「同居不代表一定要結婚啊！」

「那種自然而然開始的同居也就算了，像你們這種具有明確目的性的同居怎麼會沒提過呢？」

「望沒有明說。」

他們倆都沒說過是以結婚為前提，無憑無據。

「你這個人啊，騎著鯨魚時那麼好強……」

鯨魚是冬原夫人對潛水艇的比喻，冬原談起愛妻時提過很多次。

「一下船就變得這麼軟弱，活像隻擱淺的鯨魚。」

冬原啼笑皆非的表情刺傷了夏木。

「……她現在工作正忙碌，跟她提這種事，只會給她壓力而已。」

「我話說在前頭，她現在一路平步青雲，看起來又沒有辭去工作的意思，你再怎麼等也等不到她閒下來的一天啦！」

冬原無情地摧毀夏木的拖延藉口，讓他越來越沮喪。

「老實說，我最近常想，雖然我很喜歡望，可是應該還有比我更適合她的人吧？我連個性都不好，常常不小心傷害她。」

「看來你病得不輕啊！」

居然在我面前承認你很喜歡她。冬原半是感嘆地說道，夏木聽了才發現自己說溜嘴，但話已經說出口了，又能如何？他索性乘機大吐苦水。

「像這一次，居然頭一天碰面就吵架，我真是越來越討厭我自己。」

「吵架這種事是一個巴掌拍不響吧？」

「望沒有錯，錯的是我。」

望有時的確會去計較一些用詞或態度上的小細節，但這不是什麼大問題。

「是我不該懷疑她。」

「怎麼回事啊？」

冬原探出身子來，夏木只覺得難以啟齒。

「望難得精心打扮，可是當時我剛聽完隊長說些有的沒的，反射性以為她是打扮給同事看；一問之下，才知道是為了我而打扮，一時之間不知如何反應，結果惹她生氣了。」

「哇，真是太差勁了。」

我知道，你別再補我一刀行不行？夏木皺起眉頭。見狀，冬原又改口安慰道：

「不過也難怪啦！分隔兩地，總會不安啊！我以前也幹過這種事。那時我老婆被一個怪男人纏上，我卻誤以為她移情別戀了。沒辦法啊，誰教我們是理虧的一方呢？」

冬原詢問夏木可有與望和好，夏木又抱住腦袋。

「她反過來跟我道歉，說她不該頭一天就跟我吵架。」

好丟臉！冬原也苦笑起來：「很可愛，不過你應該覺得很難堪吧！」

「是啊！可愛指數爆表。可是我居然還懷疑她，我真是……」

雖然言歸於好，但罪惡感並未因此一筆勾銷。

「有了承諾，心情會輕鬆一些。我訂婚以後就不再胡思亂想了。」

先賢的教誨果然格外有分量，不過夏木和望從未討論過終身大事，一下子就跳到訂婚，未免太突然了。

「其實也用不著搞得太正式啊！口頭承諾也行，只要能確認對方的心意，心理負擔就會減輕許多。這回正好是個機會啊——不，現在不說，痛苦的是你喔！」

冬原指的是下次的航海時間會比這次更長。

「用不著擔心，你比自己想像得還要好很多。」

冬原喝了三罐啤酒，到了接送小孩的時間才離去。

＊

夏木曾看過工作時的望一次。

那是在一年前上岸，夏木應召前往海幕（註3）公關室的事。當時某個軍武雜誌社要出版潛艇書籍，海幕因此召集親潮級潛艇的水手前來。照片在長期拍攝積存之下已經綽綽有餘，夏木只需提供專欄題材——換句話說，就是發表一些糗事趣聞。

夏木當時還覺得奇怪，何不直接到基地來？後來才知道是公關室裡有個老長官想順道看看他。其實冬原也在徵召之列，不過當時他接受另一起採訪，不克前來。

夏木說了幾個屎尿逆流之類的老套趣事應付了事，之後才去拜訪老長官，聽了一席分不清是閒聊或說教的談話。之前航海時夏木又闖了禍，自然免不了一頓嘮叨。

在年輕軍官負責指揮的共同演習之中，夏木為了甩開反潛巡邏機，硬是讓潛艇下潛，直逼極限深度——而他似乎有點潛過頭了。至於有多麼過頭呢？大概到高層板起臉孔的地步。

「你都入隊幾年啦？別和剛來實習時一樣，老要我說教！」

從老長官的一番話來推測，他似乎是受現任艦長之託而說教。夏木獨自前來，算他倒楣。這麼一提，艦長一直很希望冬原和夏木一起來；冬原之所以跑去接受另一起採訪，便是因為識破艦長的企圖。可惡，那小子！夏木在心中暗自咒罵，但為時已晚。

夏木一大早就來了，照這個局勢看來，恐怕連午飯時間也得賠進去。再繼續聽他嘮叨下去哪受得了啊？夏木隨便編了個理由開溜。他是個好長官，可是說教時的無限循環實在教人敬謝不敏。

當時剛好接近午休時間，夏木本欲回去，又突然轉了個念頭。他記得望也在這裡的技術研究總部工作。

身為一個平時總與情人相隔千里的潛艇水手，會在此時動起邀請女友共進午餐的念頭也是在所難免。雖說晚上會回到同一個家，夏木仍然珍惜每一次見面的機會，更何況他也挺好奇工作中的望是什麼模樣。

夏木站在門口的屏風之後，偷偷窺探辦公室。不是夏木要往自己臉上貼金，若是望發現他，鐵定會卸下工作時的面貌。

工作中的望活力充沛——與夏木面前的望截然不同。工作時的幹練與小憩時的笑容之間的落差極富魅力，令夏木有種重新迷上她的感覺，讓他心頭一陣煩亂。

為什麼？看到平時看不到的表情，不是很划算嗎？

夏木立刻明白他為何煩亂。

望向上司作完口頭報告之後，回到自己的座位上；此時有個不知是同事還是後輩的男人找她說話，她原以為是工作事項，繃緊了臉孔，隨後發現只是閒聊，便又露出笑容——宛若花朵綻放一般。

當夏木回過神來，他已經離開辦公室，坐上電梯。他在那個部門裡有幾個認識的人，而他相當慶幸沒碰上他們。

理智管轄之外的內心深處喃喃說著：早知道就不去看了。

望如此富有魅力，連男友見了都要重新為之著迷；而那個辦公室裡的人——陸地上的人

註3：海上幕僚監部，管理海上自衛隊的防衛及警備相關事務的特殊機關。

每天都看著這樣的她。
換作是我的話——
夏木不由自主地想像。
換作是我的話，根本不會把老在數百公尺之下的海裡晃蕩、渾身柴油味又音訊杳然的男友放在眼裡。
潛艇水手的敵人是距離——這個老套的理論過去對夏木而言只是個觀念，如今卻化為清清楚楚的實體。這就是分隔兩地所代表的意義。
別人待在女友身邊的時間比自己還長。
非但如此，和活力充沛、精明幹練的女友相比，夏木不過是個年近三十還被老長官叫出來訓話的問題軍官。
小望喜歡的是非主流的你。從前冬原曾在婚宴上如此安慰夏木，但這番話語如今聽來只是徒增夏木的淒涼。
望喜歡非主流的夏木，可是望自己卻是標準的主流派優秀人才。

那一天，夏木終究沒有告訴望他曾到她的部門看她。
在她身邊多得是比我適合她的人。那一天得知的這個事實直到現在都還束縛著夏木。
之後夏木出海了三次，每次回航時都擔心望是否還等著他，也常為了一些瑣事動搖。
你是個潛艇水手，一年當中大半時間不在陸地上。

認清事實之後，這句話沉重得令夏木無法一笑置之。

現在這種時代，結婚不再是一生的契約；只要夏木一天不下船，分隔兩地的常態就不會改變。

就算結婚了，每回上岸都要擔心對方是否還等著自己的不安就會消失嗎？這不是望的問題，而是夏木的問題。擱淺的鯨魚——這個形容格外貼切，夏木就像被浪潮打上岸的鯨魚一樣進退兩難，動彈不得。

沒有主動出擊的勇氣，只能等望發出訊號。這麼窩囊的行徑更讓夏木覺得自己不值得望等待。然而貪圖眼前安逸的他，往往只顧著在短暫的相聚時光裡享受幸福的滋味，使得根本上的改革越離越遠。

*

「哇！冬原先生來過啦？我也好想看看他喔！」

望在七點前回到家。除了頭一天以外，她每天都很早回來，不過飯後一定會打開筆記型電腦敲敲打打，看來工作並沒減少。

「嗯，嫂子煮了些菜，要他帶來。」

「太好啦！每次都勞煩聰子姊，真不好意思。下次我買些點心回來好了，你上班時可以直接交給冬原先生。」

「好啊！不過他們家有小鬼，妳可別買含酒精的。」
「不可以說別人家的孩子是小鬼！」
望常會如此糾正夏木，比夏木更像大人。她換上家居服，一面捲袖，一面走進廚房。
「今天我的精神還很好，就由我來露一手吧！」
說著，她打開冰箱：「這條魚可以用吧？」拿出了一塊魚肉。
夏木在一旁看望做菜，只覺得怵目驚心，好幾次都忍不住想開口提醒（畢竟連不擅長做菜的夏木都覺得危險）；但他知道一旦開口，望鐵定不高興，因此全忍住了。
做出來的法式煎魚雖有各部位鹹淡不均的問題，不過戴上男友的有色眼鏡之後，還算得上好吃。
「嗯，好吃。有上烹飪教室果然不一樣。」
即使夏木再怎麼不擅言詞，也知道這種時候該誇大讚美一番。
夏木接下收拾善後的工作，望立刻在空出來的餐桌上打開電腦，開始打字。她的工作應該不能帶出防衛廳，現在做的可能是與工作有關的自習。
潛艇內入浴不便，所以夏木便趁著上岸時撈本，在浴缸裡泡了一個小時。待他出浴後，望仍在敲電腦；他從冰箱裡拿出礦泉水，望突然嗲聲嗲氣地說道：
「夏木哥哥，小望好想喝咖啡喔！」
「妳的聲音是從哪裡發出來的啊？好噁心。」

夏木忍不住噗嗤一笑，望微微鼓起腮幫子抗議：「好過分！虧我特地用這麼可愛的方式來拜託你！」兩人之間的交流一如往常。

「我要即溶的，不，還是濾泡的好。泡之前買的那個新牌子，砂糖加一顆，牛奶多一點，用大馬克杯裝。」

「妳的要求也太多了吧！」

夏木一面燒開水，一面看著望，只見望連短暫的等待時間也不浪費，繼續打字。她一轉向電腦，便換上工作時的凜然神情——一如那一天夏木所窺見的一般。

夏木也替自己泡了杯咖啡，在望的對面坐下來。望似乎也決定小憩片刻，拿起馬克杯呼呼地吹。

「妳很忙啊？」

夏木漫不經心地問道，望立刻露出抱歉的表情。

「只要把這個做完，週末就可以休息了。」

夏木並沒有責備望的意思，不過若要解釋又顯得欲蓋彌彰，便含糊帶過了。

「妳現在在做什麼啊？」

夏木這個問題只是出於單純的好奇。過去望在家鮮少黏著電腦不放，看她如此熱衷，夏木自然關心。

「五研有空缺，我提出了轉調申請，到時得提交論文，所以現在正在用功。」

這個回答大出夏木的意料之外，令他的腦袋一瞬間停止運轉。防衛廳技術研究總部的第五研究所是專門研究聲納及魚雷等水中裝備的部門。
「我從很久以前就提出調職申請，現在總算有機會擠進去了。」
這該不會是——
「雖然有點公私不分，不過我希望能夠從事對你的潛艇有幫助的研究工作。」
望。夏木喚道，望抬起臉來，下一句話自然而然脫口而出。
「我們結婚吧！」
望眨了眨眼睛。
「好是好……」
她答應得相當爽快，反教夏木一臉錯愕。望忍不住笑道：
「怎麼這麼突然？」
「不，抱歉，其實並不突然。我早就想說了。」
我不是這個意思。望笑得更開心了。
「我是說，這種事情不是該穿西裝、打領帶，在正式約會時開口嗎？」
「啊，對喔！」
天啊！夏木呻吟著。仔細一想，這可是值得紀念的大事，不是洗完澡的男友替身穿家居服工作的女友泡咖啡時所該提出的問題。
「對不起，我一時間沒顧慮到細節，我真是……」
夏木一直以為他們倆工作時是分隔兩地的，一直認為距離與時間都是障礙，一直認定望的身邊有許多比自己更適合她的人；但望即使在分開的時候，心仍然與夏木同在。一思及此，內疚與自卑宛若麻痺了一般，一吹而散。

所以他根本沒有多餘的心思考慮，話便衝口而出了。

「之前想說一直說不出口，為何現在想都沒想就脫口而出了？」

夏木板著臉抓了抓腦袋，望露出意外的表情。

「為什麼說不出口？」

望這麼一問，夏木反倒不知如何回答。「呃，因為……」還沒說到重點，夏木就開始結結巴巴了。

「我擔心求婚會造成妳的困擾。」

望什麼也沒說，夏木便繼續說下去。

「妳還年輕，工作正順利，不必急著結婚；這時候提婚事，或許會造成妳的負擔。和妳結婚只是我個人的希望，我不知道妳願不願意和我結婚。」

「……為什麼？」

望的聲音帶了種不肯善罷干休的味道，夏木頓時心驚膽跳。交往多年的經驗全力發出警報，種類為地雷警報——你踩到一個大地雷了！

「所以你懷疑我的感情囉？」

嗚哇！居然抓著這一點打？夏木血色全失。

「不、不對！不是這樣！」

「哪裡不對了？」

「抱歉對不起求求妳聽我解釋！」

夏木磕頭如搗蒜，但這回他踩到的似乎是史上最大級的地雷。

「……所以我不是說了嗎？」

拜託，誰來救救我啊！夏木勇敢挑戰第N回的辯解。雖說是脫口而出，好不容易求婚成功了，為何又演變成這種狀況？

「我不是懷疑妳的感情。其實我根本沒有多餘的心力去揣測妳的感情。」

望嘟起的嘴角微微僵硬起來，看來夏木又說了什麼不該說的話，但他現在沒工夫去推敲自己哪句話說錯了。

「我只是沒有自信而已。」

夏木苦惱地抱著頭。

「我說話不中聽又粗枝大葉，常常惹妳生氣，傷害妳；我根本不知道妳為何喜歡我，時常擔心哪一天妳受夠我了，就會離我而去。所以我聽隊長說了那番話以後會那麼不安……」

夏木已經被逼得說出這件事。

「不是因為懷疑妳，而是因為我缺乏自信。我擔心妳的部門裡若是有比我更好的人，我會立刻被淘汰出局。」

「……根本沒有這種人。」

望不悅地喃喃說道。夏木希望女友能理解他的心境，鍥而不捨地繼續解釋：

「距離的問題太大了。其他人比我更接近妳，而且妳的同事又盡是些前途無量的人才，和妳很相配。」

「你以為我會為了這種事動搖？」

夏木心知又踩到地雷，冷汗直流，但仍毅然主張：

「我會動搖。」

說來可悲，毅然主張的居然是這種窩囊的論調。

「妳這麼漂亮，工作能力強，氣質又好，要是我和妳在同一個部門工作，一定會追求妳；如果知道妳的男友是潛艇水手，平時都不在身邊，更是不會放過這個大好機會。像我老是和妳吵架，比我溫柔的人到處都是。」

「沒人比你更溫柔！」

望大聲駁斥，教夏木啞口無言。她那斬釘截鐵的語氣令他有些難為情。

「如果真的有人想追我，那個人一定沒和我一起工作過。至少我敢確定，和我一起工作的人絕對不會想追我。我個性這麼潑辣，固執己見，老想把對方踩在腳下。而且我覺得自己這樣已經很客氣了！」

夏木難為情的感覺開始變質——怎麼好像有點怪怪的？

「我和其他人吵架的時候，根本沒和你吵架時一半認真！像我這種個性，就算和別人交往，一定沒兩天就分手！而且被當壞人的鐵定是我！」

糟了。夏木拚命克制湧上的笑意。現在笑出來就糟了。想歸想，結果夏木還是忍俊不禁，笑了出來。

「你笑什麼？」

「呃，對不起，抱歉。不過……妳剛才說沒人比我更溫柔，可是照妳的說法，應該是沒人比我更耐打吧？」

「還不都是你的錯！」

望嘟起嘴巴，將頭撇向一旁。

「我們剛開始交往時你不是說過，寧願我生氣也不願我哭，所以要我繼續生氣嗎？」

夏木說過這句話，他的確說過。不過——

「為什麼這是我的錯？」

「因為我發現盡情發脾氣是一件多麼輕鬆的事！現在我食髓知味了，要怎麼和普通人交往，甚至結婚？」

普通人？這麼說活像我不是普通人似的。仔細一想，望用詞也挺草率的。

「能夠讓我認真吵架的人只有你，我本來以為你也這麼想！」

這番宛如以拳交心的男子漢發言是怎麼回事啊？

「別再逗我笑了，我會笑死！」

夏木勉強說完這句話，便再也忍耐不住，如發作般狂笑起來。啊，原來如此——是這麼一回事啊？

原來我們倆其實是物以類聚啊！

才剛求婚便挨一記回馬槍，捲入這等胡攪蠻纏的爭執之中還能撐住的男人確實不多。望常會計較一些雞毛蒜皮的瑣事，一拗起來就沒完沒了；雖然夏木認為這一點無傷大雅，不過覺得有傷大雅的男人應該不少吧！

反倒是我姊那副德性——或許真如翔所言，望這樣的女人其實相當難纏。

「好，我明白了。妳果然不能沒有我。我完全明白了。」

太慢了！望怒道。她所指的應該是夏木察覺得太慢了。

「我也不能沒有妳，所以我們結婚吧！然後一輩子繼續為了這種事吵下去。」

望之所以在夏木年滿三十的那一年提出短期同居，理由正如冬原所說的一樣。

「一起生活一年以後，我漸漸了解彼此的生活週期，也慢慢掌握到兼顧工作的方法；原本以為你差不多要開口求婚了，誰知道你居然為了一些無聊的理由遲疑不決。」

長期以來的苦惱被批為無聊，夏木心裡不太痛快。

「我也是顧慮妳的感受啊！妳前年聽說高中同學結婚的時候，不是還很驚訝？」

「因為那時候我才剛開始工作，錢存得不多，談結婚還太早嘛！可是之後我努力存錢，加上孩提時代的存款，夠我建立家庭了。」

向來實事求是的望考慮婚事時變得更加精打細算。

「新房還是用租的好了，因為我還在工作，沒辦法搬到官舍裡。我聽聰子姊說，住官舍得輪流做雜務，我怕我顧不來，給其他人添麻煩。」

「你有特別想住的地方嗎？我希望能住我家附近，這樣要託家人照顧小孩也比較方便。」

「設備和隔間也趁現在一併決定吧！租房子的事交給我發落，我會找個一遷完戶口就能立刻搬進去的房子。」

「還有，婚禮要怎麼辦？我不辦也無所謂，可是你不辦的話，對上司和同事無法交代吧？我覺得遷戶口和婚禮不必同時進行，你覺得呢？你在乎這些嗎？」

望劈里啪啦地提出一堆方案，夏木好不容易插上話，提出兩個願望，一是趁著這次上岸期間拜訪雙方家長，一是購買訂婚戒指；然而訂婚戒指卻被望以一句「不需要」給否決了。

「只有我戴，太浪費了，不如把錢花在蜜月旅行或新房上。」

面對這明快且經濟實惠的理由，夏木完全無從反駁。

「妳未免太實際了吧？應該更……」

夏木對於望過度實際的態度略感不滿，正要開口埋怨，望卻突然湊上前來給了一吻，並笑咪咪地對渾身僵硬的夏木說道：

「因為我很開心，所以才這麼起勁啊！你看不出我很興奮嗎？望好難過喔！」

見望裝可愛，夏木反射性地罵了句白癡，不過望沒和他計較。

＊

「夏木，現在甲板上收得到訊號。」

休息時接到冬原的通知，夏木走上浮水中的潛艇甲板。現在的位置雖然靠近沿岸地帶，不過太陽一被雲朵遮住，海風就變得格外冰冷。

夏木檢視簡訊，發現望寄來好幾封。第一封的主旨是「謝謝」。

他才剛打開簡訊，冬原便喃喃說道：

「不知道小望戴上了沒？」

「她說她戴上了。」

其實你真的不用這麼費心，不過收到了還是很開心，謝謝。我會每天戴著，你放心。款式很別致，是你選的？

他們說的是訂婚戒指。

「哦，太好啦！站在男人的立場，總希望自己的女人戴上戒指，免得那些蒼蠅、蚊子靠過來嘛！」

「是啊！雖然可能只是多餘的擔心。」

夏木不認為望會三心二意，而他與望經歷那麼多波折之後才在一起，自然也不會三心二意；只不過他依然不希望其他男人以為望還是活會。

當望一口拒絕訂婚戒指時，夏木採取的手段便是求助於冬原。夏木帶著望到冬原家玩，先請冬原夫人設法問出望的尺寸，再由冬原陪同選購戒指，夏木則於回船之前偷偷將戒指留在房中。

夏木希望她能體諒他這一點小小的獨佔欲。

「好，我就拿這件事來當話題吧！小望戴上戒指了……」

冬原開始輕快地按起手機按鍵來。他常因為簡訊過短而挨罵，這會兒可找到好題材了。

夏木又打開第二封簡訊。

「……冬原，等一下告訴我你婚禮邀請了哪些人，比如同梯之類的。」

「幹嘛？怎麼啦？」

「她給我派了份作業，要我下次靠港時寄宴客名單給她……啊？為什麼下聘省了？咦？雙方父母通過電話了？什麼時候的事啊！啊，混帳，是我爸媽！可惡，為什麼我得穿大禮服啊？我才不穿那種誇張的玩意兒咧！」

冬原在一旁聽了哈哈大笑。

「之前一直原地踏步，這會兒卻是暢行無阻，不是很好嗎？」

「這和那是兩碼子事……！」

「待在岸上的人越積極越好。要是配合我們，不知何年何月才能完婚。」

這種達觀的意見就是所謂的經驗談嗎？

煩惱片刻之後，夏木開始回覆簡訊。

戒指是冬原陪我挑的，妳喜歡就好。宴客名單我列出來以後會寄給妳，不過請你們高抬貴手，別逼我穿大禮服。

打到這兒，夏木想了一想，最後又加上一句小小的意見。

假如你們籌備時能夠稍微尊重一下我的意願就更好了。

Fin.

越柵輓歌

*

越柵。

對於一般人而言，這應該是個陌生的字眼；字典上查不到，打字時也無法自動變換。換成一般人耳熟能詳的語彙，就是逃兵。「越柵」是隊上用來描述隊員逃離自衛隊營區或基地的術語，當初使用這個字眼，是因為覺得逃兵二字太過難聽；但是逃兵就是逃兵，不會因為換個說法而有所改變；再說酪農業者也以越柵二字來形容衝破電欄逃走的家畜，用這個字眼等於把隊員當動物看待，也沒好聽到哪裡去。總而言之，是個教人越想越莫名其妙的用詞。

越柵者以新進隊員及經驗較淺的隊員居多，常見的理由依比例多寡，依序為人際關係不良、跟不上訓練及厭惡規矩一大堆的團體生活等等。

還有個理由的比例雖然不高卻不容忽視，那就是感情因素。

「欸，我好想你，現在就想見你。」

女友原本就愛撒嬌，一有機會就挽臂擁抱。從前就讀同一個班級，生活圈子相同，女友這種個性讓他吃了不少甜頭；所有有女友的高中男生想做的事，女友全都讓他做了。

然而高中畢業，離鄉背井進入陸自之後，這種愛撒嬌的性子完全發揮負面作用。女友進了家鄉的二專，他則以新進隊員的身分被分發到其他縣市的營區，得搭三個多小時的電車才能回鄉；對於時間處處受限的新進隊員而言，這並非休假時可以輕鬆往返的距離。就算真的回鄉，一見面就得不斷留意歸隊時間，坐立難安。至於教育期間外宿，更是春秋大夢。

既然不能常常見面，至少常通電話吧！然而他過的是團體生活，縱使自備手機也不能長時間通話。女友上了二專以後，自由時間變得比高中時代更多，似乎無法體會他的難處。前期教育接近尾聲的那陣子，電話中的女友總是在哭。

「我們已經三個禮拜沒見面了耶！」

不過才三個禮拜而已啊！他如此想道，卻忍著沒說出口，因為他知道一旦說出口就完了。女友尚未發現自己和男友的時間質量產生了決定性的變化，一旦被她發現，這段戀情就結束了。

「不能常回去，我感到很抱歉。可是我現在真的無法立刻去找妳……」

這時正值平日的熄燈時間前，再過三十分鐘就要開始就寢前的晚點名，到時就得掛斷電話了。但女友又在電話彼端抽抽噎噎地哭了起來。

「欸，這禮拜放假我一定回去，只剩四天，妳再忍耐一下。」

「還有四天耶，我忍不下去了……」

她氣若游絲地說道：

「求求你，我知道你很為難，不過假如你真的喜歡我，現在立刻來看我。」

倘若這事發生在別人身上，他一定會嘲笑這個女人怎麼如此任性。不過四天而已嘛！連四天也不能等，要這樣為難男友？這種女人，不如趁早分手算了。

然而事情發生在自己身上，有誰笑得出來？對自己心心念念、魂牽夢縈，連區區四天都不能再等的女人，今後的人生還碰得上第二個嗎？

「……好。」

他知道這麼做等於越柵，但他不是逃離自衛隊，只是去見女友而已。只要別被發現，就不算越柵。我還會回來啊！我只是去探望寂寞不安的女友，讓她安心而已。

「……你沒騙我？真的嗎？」

她打著顫喃喃問道。嗯，我決定了。為了安女友的心，他堅決地說道。

「不過我不能直接到妳身邊，妳也得加油。」

他對照早已背得滾瓜爛熟的電車時刻表與目前的財力，臨時擬定出可行的行程。營區裡的提款機已經關閉了，他的資金只剩手頭上的幾千圓。附近的超商店長都和自衛隊相熟，熄燈後去買東西，倒還肯睜一隻眼、閉一隻眼；但若要提款，他們立刻會懷疑是要越柵而通報自衛隊。

「我身上的錢只夠坐到〇〇而已。」

光靠手頭上的錢，要在熄燈之後出發並趕在早點名之前搭乘頭班電車回來，頂多只能坐到這站。

「妳也坐到這站來，只要在十一點前搭上夜車就趕得上了。還有，很抱歉，我坐到這站以後就沒錢了，得向妳借回程的車錢。反正搭頭班電車就能趕在點名之前回來，我們可以在車站一起待到發車，好嗎？」

「你要偷偷溜出基地？」

他已經說明過很多次，但女友始終分不清基地與營區的差別，這時也使用基地二字。

「沒問題嗎？要是被發現了……」

「我等熄燈之後偷偷溜出來，就不會被發現了。天亮以前我會趕回來的。」

「你肯為了我冒這麼大的險……？」

「當然啊！」

他堅定說道：

「只要是為了妳，沒有辦不到的事。」

……這小子大概也是這麼想的吧？

清田和哉中士望著被帶來警衛室的年輕隊員。帶這名臉色發青的隊員來此地的，是清田的部下吉川夕子下士；隊員是同隊的新兵，剛結束後期教育分發過來，是吉川的直屬部下。

「他只是未遂，我想從寬處置。」

吉川報告，清田也點了點頭。倘若她無此打算，就不會特地在就寢後撥打手機找清田出來了。

此時，新兵突然跪地磕頭。他的背上都是草屑，看來剛才是躲在草叢裡。

「求求你們睜一隻眼、閉一隻眼！我一定會在天亮之前趕回來的！」

「適可而止吧！不然過了兩年以後，你一定會恨不得勒死現在的自己。」

聽了清田冷淡的制止，新兵錯愕地抬起頭來；吉川拉他起身，拿了把硬邦邦的椅子讓他坐下。

「吉川，去倒杯熱飲來。」

吉川點了點頭，走向開飲機。

「你的女朋友住在哪裡？」

新兵大為吃驚，目瞪口呆。他大概是驚奇清田為何能看穿自己的心思，不過對清田而言，這是再簡單不過的道理。

「執勤態度無可挑剔，人際關係良好，學習意願也高。這樣的隊員幹出傻事時，十之八九是為了感情因素。」

幾天前清田便曾喃喃說道：「時候差不多了吧！」吉川也回答：「差不多了。」這段緣由，新兵自然無從得知。

「好啦，她住在哪裡？」

清田又問了一次，新兵不情不願地答了「佐世保」三字。佐世保離西部分隊教育隊所在的相浦營區很近。

「原來如此，所以才能撐過教育訓練期間啊？」

清田自言自語，隨即又問道：

「不過飯塚離佐世保還算近啊！有必要越柵嗎？你現在已經可以申請外宿了吧？」

三個半小時的電車車程，雖然辛苦了一點，勉強可以當日往返。新兵低下頭，難以啟齒地回答：

「可是畢竟不能每個禮拜回去……教育訓練期間離得近，幾乎每週都能見面。我和她從高中就在一起了，過去從來沒有分開這麼久的經驗……」

「她是不是對你說『假如愛我就來看我』？」

新兵的肩頭猛然一震，看來清田又說中了。

「不過搭電車在天亮之前趕不回來吧？你是怎麼計畫的？」

「她會開車到中途來，回程再由她開車送我回營區。」

「那是她的車嗎？」

不過才十幾歲，應該買不起車子，不過清田還是姑且一問。果不其然，新兵喃喃地回答：「不是，她說要向她爸爸借車……」

那就錯不了了。

「我敢跟你打賭，她不會來的。」

「胡說……！」

新兵大吼，隨即想起對方畢竟是中士，勉為其難地放低音量。「清田中士憑什麼如此斷定？」

「因為坐在你眼前的中士從前也幹過同樣的事。」

清田若無其事地說道，新兵聞言大叫：「咦！」那當然了，到目前為止，還沒有半個隊員聽到這句話時沒嚇一跳。

「其實光靠常理判斷也知道她不會來。你的女友既然是你的高中同學，那麼年齡頂多是十八、九歲，駕照也是剛拿到的吧？還是駕駛新手的女兒說要在晚上開車上高速公路去見男友，有哪個父母會答應借車？」

新兵默默無語，這時吉川正好送上「熱飲」。她替新兵泡的是尋常的咖啡加奶精，替酷愛甜食的清田泡的則是可可亞。「哦，妳真內行。」待清田接過燙手的熱可可，吉川便微微行了一禮退下。她對於進退應對之道也很內行。

新兵接過熱飲之後並未就口，清田則是一面啜飲熱可可，一面說道：

「我知道你有愛，也有毅力，不過你還是先聽聽老前輩的經驗談吧！」

＊

營區不比監獄，沒有監禁設施，當真要越柵的人多得是門路。

熄燈之後，清田又等了三十分鐘左右，才穿著充當睡衣的休閒服走出寢室，佯裝要去上廁所。休閒服底下其實還穿著便服；熄燈前，他已經先帶著便服到廁所一趟，把便服穿在裡頭了。幸好當時仍是輕衫季節，點名時不致於因為穿著過於厚重而引人懷疑。

他一面避人耳目，一面走進一樓的廁所，爬出窗戶，趁暗越過柵欄，過程順利得令他錯愕。任何人都可輕而易舉過到這一關。

接下來便是運氣問題了。如果室友發現清田不在，跑去報告長官，確定人不在隊舍之後，便會視為越柵，立刻展開搜索。

至於搜索行動是如何綿密且專業，他早從長官及學長口中聽過許多次。首先會圍堵附近的車站，倘若越柵者的老家位於鄰近縣市，連老家也一併圍堵；若是老家位於遠方，則重點式監視通往老家的交通網，一一過濾。

莫說鐵路，巴士及計程車招呼站亦在圍堵範圍之中，並詳細搜索各條主要道路，以免越柵者搭便車逃走。能夠提款的便利商店也是監視對象之一。

越柵者受困於包圍網中，進退無門，只能乖乖束手就擒。

這麼大的搜索陣仗或許顯得有點誇張，但逃走的可是受過戰鬥訓練的士兵；就算冠上越柵這等莫名其妙的字眼，逃兵就是逃兵。

若是逃兵被逼急了，為了確保逃走手段或資金而闖入民家，問題可就大了。有的人豁出去了，搞不好會脅持普通百姓當人質。站在自衛隊的立場，自然要在事情演變成這種狀況之前設法逮住隊員。

清田的運氣不錯，室友全都很好睡。這些人睡得好，磨牙及打呼聲自然也大，平時清田總是倍感困擾，唯有這次衷心感激他們。他輕易抵達了車站，搭上最後一班電車，前往相約地點。

清田搭乘往鄰縣的慢車，中途就是終點站。車上乘客寥寥無幾，他把半路上脫下的休閒服摺好，放進帶來的燙衣袋中；除了剃得過短、不合時宜的頭髮之外（教育訓練期間沒有髮型上的自由），看來就和普通的學生沒什麼兩樣。

隨著電車行進，城鎮的燈火越來越少，所見的景色盡是些吸收了夜色而變得更為黑暗的山影。

偶爾會有無人車站發著亮光，如島嶼般浮現於穿梭而過的寂寥夜色之中。清田已經數不清自己經過幾座燈影幢幢的光之島了。

搖搖晃晃地坐了一個半小時的電車，清田總算抵達了目的島嶼。這個站位於中規模衛星市鎮，幾乎所有乘客都在這裡下車，三三兩兩地走向剪票口。

清田背離潮流，獨自走進候車室。死去的飛蛾及飛蟲堆積在混凝土地板的角落，感覺上格外淒涼。

她還要三十分鐘才能到——三十分鐘後就能見面了。清田雀躍地哼著歌曲，眺望著通往故鄉的線路彼端。

幾列慢車經過之後，那輛電車總算來了。清田等不及電車入站，衝出了候車室，穿過天橋，守在可將進站月臺盡收眼底的位置。

電車宛若刻意賣關子似地緩緩減速停止，打開車門，吐出下車乘客。

一個老態龍鍾的老人，兩個一胖一瘦、滿臉疲態的中年人。緊接著下車的是一道鮮豔的人影，教清田胸口一跳；但仔細一瞧，原來是個打扮花枝招展、風塵味極重的女人。

這就是全部了。

清田半帶困惑地目送四名乘客通過剪票口。為什麼女友不在裡頭？

莫非她睡著了，忘了下車？糟了，若是坐過頭，得再過五個車站才能下車。清田連忙撥打女友的手機，響了五回之後，一陣轉入機械式回應之前特有的停頓傳入耳中，教他不禁皺起眉頭。

「您撥的號碼沒有回應，將轉接至語音信箱……」

這條線路蜿蜒於山間，不易接收訊號。清田又重撥了好幾次，一面思考著其他可能性。除了剛才的電車以外，還有一班慢車能夠坐到前一站；如果女友只趕得上那班電車，或許會在前一站轉搭計程車過來。

為了慎重起見，清田先發了封簡訊，接著又繼續重撥。

——等過了凌晨兩點，他才領悟到女友根本沒來。

「……她沒有來嗎？」

新兵戰戰兢兢地詢問，清田點了點頭。

「是啊！你可別期待十幾歲的女孩能夠和你擁有同樣的行動力。我們好歹接受過軍事訓練，行動力及決斷力的上限和她們完全不同。你該慶幸你在逃出營區之前就被吉川逮住了。」

新兵失落地低下頭。見他似乎仍未完全死心，清田苦笑道：

「……不過或許你的女朋友比較有毅力。你現在打電話給她看看。當然，是打到她家裡去。」

清田離席迴避之後，新兵便開始撥打手機。不久後，斷斷續續的對話聲傳入清田耳中。

「……我知道了。對不起，這麼晚打擾您……」

清田算好時機回座，只見新兵帶著半哭半笑的微妙表情抬起頭來，望著清田說道：

「她人不舒服已經睡了，沒辦法接電話。」

「我想也是。」

清田一口氣喝乾冷卻得恰到好處的可可亞。

「你們無法每個禮拜見面，已經有多久了？」

新兵聽了這突如其來的問題，眨了眨眼，在腦子裡數一數才回答：

「差不多……一個多月。中間我有回去一次，住了一晚。」

「或許是我雞婆，不過才一個月沒見就受不了的女人終究是撐不下去的。你知道你以後可能轉調幾次嗎？全國有一百六十個營區，要是你分發到無法當晚來回的地區該怎麼辦？你的女友知道你們見不著面以後，還肯等你嗎？」

清田原以為新兵會反駁，沒想到他只是垂著頭默默無語。

「悔過書明天交上來，不知道怎麼寫去問吉川。」

話才說完，吉川又露面了。「我帶他回隊舍。」她示意新兵起身。

清田走向開飲機，想再泡一杯可可亞，卻發現熱氣騰騰的第二杯已經擱在桌上了。

＊

坐了一個半小時的鄉下電車，少說也有近百公里的距離，要步行回營是不可能的。幸好清田還沒出車站，可以先在候車室待上一夜，待頭班電車發車後再搭車回去。問題是下車以後要如何混過剪票口？清田壓根兒沒考慮過若是女友沒來該怎麼辦，把僅剩不多的錢全拿來買了車票，如今身上只剩幾百圓。鄉下的便利商店有的一到晚上就大剌剌地關門打烊，清田不敢貿然離站。

躺在硬邦邦的板凳上，清田倍感淒涼。

正當他半夢半醒之間，突然被人踹醒，滾下板凳；他驚慌失措地跳起來一看，比魔鬼還可怕的區隊長正殺氣騰騰地站在他面前。

啊，被發現了。清田睡意朦朧的腦袋如此想道。天還沒亮。事後一問，才知道區隊長是沿著通往清田老家的路線逐站搜索，一路追上來的。

清田挨了好幾記鐵拳及一陣震天價響的怒罵，接著被揪住衣領，拖到車站之外，塞進停在那兒的小卡車。

區隊長用無線電宣布找到越柵者及結束搜索的消息，清田聽了不由得感慨：唉！我也成了越柵者啦？

「製造我的麻煩。」

年紀和清田父親相仿的區隊長滿臉不快地啐道，和學長一起擠在後座的清田喃喃說了聲對不起。

「可是我本來是打算在天亮以前回去的……」

「這就叫越柵，蠢蛋！」

又是一道怒罵，清田不禁縮起脖子來。不，他想說的不是這個。

「……我不是覺得在隊上待不下去了。」

清田只是想聲明這一點。

我只是想為在電話彼端哭泣的女友做些事。

只是想止住她那見不著我就掉個不停的淚水。

「那種女人你還是趁早和她分了！」

區隊長又不快地啐道。我沒說我是為了和女友見面而越柵的啊，為什麼區隊長知道和女人有關？當時的清田只覺得不可思議。

如今一想，真是羞愧難當。

處分確定之後，清田打了通電話給女友。

他還沒質問女友為何爽約，女友就先在電話彼端放聲大哭起來。她再三道歉，並哭哭啼啼地說道：

「我要出門的時候，我媽問我要去哪裡，我照實回答，結果她說絕對不准我半夜出門，硬把我擋了下來。」
接受嚴厲處分之後，「我媽」二字聽來格外嬌生慣養；不過當時清田只覺得女友本來就嬌生慣養，並未和她計較。
「妳怎麼會笨到老實回答啊？不會說是要去便利商店？」
「人家那時候沒想那麼多嘛！」
女友又抽抽噎噎地哭了起來。
「對不起，我那天也很難過。我被擋下來以後，在房間裡哭到天亮。」
「在暖呼呼的房間裡鑽進被窩哭到天亮？」
怒氣使得清田的聲音尖銳起來。你怎麼這樣講！女友的啜泣聲又大了一倍，清田只得道歉，但心中仍懷著滿腔不平。
同一時間，我可是在積了一堆死蟲的候車室裡睡著硬邦邦的板凳，連條毯子也沒有。雖說是輕衫季節，晚上的山間還是很冷的。
叫醒我的可不是媽媽或鬧鐘，而是區隊長的半筒靴。
有時間哭，怎麼不打通電話……不，至少傳封簡訊給我？如果在訊號被山峰隔絕之前收到妳無法脫身的通知，我就可以半途折回了啊！
清田心有不甘地質問，女友又氣若游絲地回答：「人家不好意思說我不能去了嘛！」
「而且我以為你在約定時間沒看到我，就會知道我出不了門。」
沒辦法，她還是學生，還沒出社會，不懂得責任的意義。

我已經是社會人士了，得原諒她。
「阿和，你呢？你沒事吧？」
「我到了我們約好的車站，不過後來事情曝光，被帶回去了。」
女友在電話彼端倒抽一口氣。
「你有受什麼處罰嗎……？」
「禁假半年。」
這是個重大處分，不只限於後期教育期間，還會持續到分發之後。
「怎麼會……半年？」
半年見不著男友，對她自己也有影響；事到如今，她總算了解事情的嚴重性了。
「對不起，都是為了我！」
她又開始哭哭啼啼，清田連忙說盡好話來安慰她。
別放在心上，我不後悔。雖然沒見到面，不過我能為了寂寞哭泣的妳付出行動，已經很滿足了。
你為什麼對我這麼好？女友又哭了。
「我一定會等你的。你為了我這麼犧牲，這次輪到我等你了。」
我絕不會輸給無法相見的時間。聽了這鄭重的宣言，清田暗暗想道：如果妳能在只須再等四天的那一晚下定這個決心，不就好了？
半年見不著面，對清田而言也是個極為痛苦的結果。

清田泡好黑咖啡時，吉川回來了。她是個巾幗不讓鬚眉的女隊員，唯有擔心發胖，喝咖啡不加糖及奶精這一點勉強保有一般妙齡女子的風格。

吉川點頭示意，接過泡好的咖啡。

「謝謝您特地拿這段不愉快的往事來勸告他。」

「沒什麼，反正是老話題了。」

面對被愛情沖昏頭的年輕人，這個殘酷的經驗談是最好的鎮靜劑。

「話說回來，每年都少不了這種人耶！」

「因為大家還年輕嘛！」

「妳也成長啦！」

吉川靦腆一笑，突然增添了不少女人味。

「今天您沒把故事說完呢！」

吉川的語氣之中帶著些許調侃之意。清田板起臉來說道：

「無論是過去或將來，能讓我把故事說完的都只有妳一個。」

＊

受到處分的三個月後，女友提出分手。

換作現在的清田會讚許她竟能撐這麼久，不過當時可就不然了。
「什麼意思啊？」
清田大聲怒吼，引來周圍側目，連忙一面移動到無人的地方，一面低聲追問：
「妳突然說……是什麼意思啊？」
他沒把「想分手」三個字說出來，是害怕旁人聽見。女友又一如往常地一面抽噎，一面哭泣。
我才想哭咧！居然得在這種到處都有熟人的環境之下談這種事。
清田走出隊舍之外，好不容易可以專心談話了。
「對不起，可是我好寂寞，好難捱喔！」
平時清田聽見女友的哭聲，只覺得又心痛又愛憐，總是一味地勸解安慰；不過這回可不能這麼做了。
「妳不是說這次輪到妳等我了嗎？」
「我是說了，可是……」
女友不乾不脆的說話方式如今只教清田倍感焦躁。
「我身邊的朋友每天都能和男友開開心心地見面，看他們那樣，就覺得不能見面好痛苦。」
「這種事從我進自衛隊的時候就該知道了吧！」
別生氣嘛！女友又開始涕淚縱橫地哭訴。別生氣？這種話妳現在說得出來？妳的神經是什麼做的啊？

「跟朋友聊起戀愛話題的時候也很痛苦，她們嫌我冷場，氣氛弄得好僵。」

什麼跟什麼？戀愛話題？

「妳跟朋友的氣氛比我還重要嗎？」

「我也有日子要過啊！」

「每天等媽媽叫妳起床，打扮得漂漂亮亮去上學，和朋友聊天，跑社團活動？」

她誇張地吸了口氣，裝腔作勢地使勁大叫：

「太過分了！你瞧不起我的學業啊？」

雖然她說得冠冕堂皇，但清田還記得她剛入學時說過：「學長姊告訴我哪些課的學分比較好拿，我已經加選了，萬無一失！」因此聽了只覺得好笑。

妳明明是以享受多采多姿的校園生活為優先吧？

……女人一旦決心分手，無論你如何哄她、留她、罵她、求她都沒有用。這個道理現在清田非常明白。

倘若當時清田能乾脆抽身，或許就不會傷得那麼重。

「追根究柢，都是因為妳說妳很寂寞，想見我的關係！我為了妳越柵，受了這麼重的處分……」

「我又沒拜託你那麼做！」

不知女友是豁出去了還是怒急攻心，語氣顯得極為惡毒，是清田從未聽過的。就算是百年之戀，聽了這話也會瞬間冷卻——不，或許已經冷卻了。

這種惡毒的語氣居然是衝著自己來，令清田氣昏了頭。

「明……明明是妳講的耶！是妳說『假如你真的喜歡我，現在立刻來看我』！妳都這麼說了，我還能不去嗎？」

假如你真的喜歡我。如果清田拒絕這種可愛的懇求，豈不顯得自己並非真心喜歡她？自己先設了這種衡量愛情的前提，現在居然又說這種話？

「我沒想到事情有那麼嚴重啊！」

完全放棄掩飾的女友臉皮厚得教人肅然起敬。

「我又不知道自衛隊的規矩，要是你告訴我一被抓到就有半年不能見面，我就會忍耐了啊！想也知道嘛！是你什麼都不說，就自顧自地計畫起來了耶！」

自顧自地？

「妳還不是……」

妳還不是很開心地說「你肯為了我冒這麼大的險」？

是妳說妳很想我，不能再等四天耶！

平常都是女友發出氣若游絲的聲音，但這回氣若游絲的卻是清田自己。

而女友呢？清田從不知道她也能如此粗聲粗氣。

「反正我沒拜託過你，不要擺出一副我欠你的樣子，是不是男人啊！」

這句話是致命一擊。天底下有哪個男人在聽見女人說出「是不是男人啊」之後，還能繼續爭論下去？

「是你逼我說得這麼白的！本來我還想和平分手，都是你搞砸的！」

如果清田人在家中的房間裡，或許他會放聲大哭。如果掛斷電話之後，他不必回到隊舍的共用寢室的話——

為了喜歡的女人越柵，半年不得外出，結果這個女人居然三個月就提分手，還罵他「是不是男人」，甚至說是他逼她翻臉無情。

待清田回過神來，電話已經掛斷了。最後是怎麼結束的，她又說了什麼，清田已經記不得了。

之後沒隔多久，清田經由家鄉的朋友得知她一和自己分手就立刻在社團裡交了個新男友，原來她早就準備好備胎了。面對如此老套的情節，清田也只能苦笑以對。

……說穿了——

她只是在享受兩地相思的狀況，享受扮演悲劇女主角的感覺。

連區區四天都不能再等，不過是她為了增添氣氛而誇大其辭罷了，清田根本不必當真。

對不起，害妳受這種苦，不過妳要相信我是真心愛妳。其實清田只要婉言安慰，陪她製造兩地相思的氣氛就行了。

對她而言，清田說要越柵去看她，才是意料之外。

不過當時她覺得這個意外還不賴。男友為了見面而偷偷溜出「基地」，自己則為了見男友而半夜溜出家門搭乘電車。這種戲劇般的情節可不是每天都有。
待她抱著羅密歐與茱麗葉的情懷掛斷電話之後，才猛然回過神來。
時間已經這麼晚了，還得坐上近兩小時的夜車，既麻煩又花錢。而且在鄉間車站的候車室過夜，回來以後鐵定要挨爸媽一頓罵，要是因此多了門禁或扣零用錢，該怎麼辦？而且隔天還得上學呢！
其實冷靜一想，就知道被母親阻擋無法脫身只是謊話。他們通電話時還不到十點，她家又位於鬧區，附近多得是便利商店；打從高中時代，她就常在這種時間偷偷溜出家門。媽媽問起要去哪裡？那是胡說，她的母親根本連問都不會問。
她愛上羅密歐與茱麗葉的氣氛，自然不願接受平淡無聊的事實。抱歉，我覺得好麻煩，還是算了。若是這麼說，豈不是害得整齣戲砸鍋？
不如改成是受到父母阻撓無法成行，要來得淒美多了。於是她關掉手機，沉浸於想去卻去不得的甜美悲劇之中。
所以愚蠢的是把話當真，決定越柵的清田自己。
後來清田自暴自棄了好一陣子。
外頭那些嬌滴滴的女孩沒定性，不值得認真交往。不過既然要玩，當然要找個容貌漂亮、身材火辣又個性開放的才好，最好是頭一次約會就肯陪自己上床的那種。
一旦想開了，清田突然變得大受歡迎。禁假結束之後，清田從頭一次聯誼起便連戰皆捷，而且對象都是容貌漂亮、身材火辣，帶出去走路有風，而且頭一次約會就肯陪自己上床的類型。

只要對方開始認真，他就左閃右躲，拖到調任之後和平分手。若是能夠再加個戲劇性的理由滿足對方，斷得就更加乾淨。

隊上其他弟兄見清田美女一個換過一個，半帶忌妒地說他「暴殄天物」，還說他該「多付出一點努力，試著交往下去」。

不過站在清田的立場，若是以長久交往為前提，他根本不會選擇這些女人，因此毫不覺得可惜。

升官之後，他又放蕩了好一陣子，直到前來飯塚赴任才收斂。過去他屯駐的營區都在都市附近，多得是愛玩的美女；但在飯塚一帶，這類女人是少之又少。如今比起聯誼，反倒是拉壽險的阿姨牽線之下認識的女人比較多。

清田可不想在這種環境拈花惹草當壞人。

於是乎，清田殘酷的失戀故事便成了勸諫「為愛昏頭的年輕人」用的壓箱寶。

「一般人聽到一半就會洩氣了……」

清田苦笑，吉川也一面啜飲咖啡，一面露出靦腆的笑容。

「沒想到立場一旦顛倒，女人要比男人固執多了，說來也是個新發現啊！」

巡邏中的清田是在三年前逮住了試圖越柵的吉川。

「當時我還年輕嘛！」

「二十五歲的人在我面前說她三年前還年輕，教我情何以堪？」

清田已經進入三十歲倒數計時階段。

他和偷偷竊笑的吉川不經意地四目相交，便拿起自己的杯子，順勢別開視線；他正想把杯子送到嘴邊，才想起第二杯可可亞也已經見底了。

清田只好將杯子放回桌上。吉川正好啜了口咖啡，他便趁著熱氣遮蓋及吉川垂下眼睛時偷偷瞥了她一眼。

吉川的皮膚雖然曬成褐色，卻變得光滑細緻許多——啊，不知不覺之間，已經變為女人的肌膚了。

清田逮到她越柵時，她還是臉頰、額頭滿是面皰疤痕的小鬼肌膚。

*

試圖去找男友的吉川聽了今天清田對新兵所說的一番話，並未因此打消念頭。

她雖然沒頂嘴，也沒跪地磕頭，但雙唇卻抿得緊緊的；從她的表情可知她認為「他才不會這樣」，心裡並不服氣。

如果就這麼放她回去，改天她一定又會幹出同樣的事來。她才剛考完下士升等考，半年後才會放榜；若是在這半年內闖出禍來，就算合格也會被取消。

那一天，清田頭一次把最後的爭吵也說出來。

「或許妳以為只有妳了解妳的男友，不過我要告訴妳，沒這回事。我也是男人，所以可以站在男人的立場評斷他。他和我的女友一樣，是喜歡沉浸於戲劇中的人；只要能夠自我陶醉，對象是不是妳無所謂。」

默默低頭的吉川終於抬起頭來，那張臉半是不滿，半是不安，和尋常女孩沒什麼兩樣。

「妳現在正在等下士升等考放榜，會在這種關鍵時期慫恿妳越柵的男人不會是什麼好東西。」

「他沒有慫恿我越柵！是我自己……」

她這麼激動，正是動搖的證據。

「要是我就會阻止妳。」

清田簡簡單單的一句話便堵住吉川的嘴。

「明知心上人正在關鍵時期，卻要為了我做出可能自毀前程的事，要是我一定會阻止。正經的男人絕不會讓自己喜歡的女人幹這種事。」

換作自己的立場便一目了然。當時女友的擔心只是做做樣子，真正關心的卻是男友是否真肯為了自己冒險。

這麼做真的不要緊嗎？要是被發現了怎麼辦？你還是別冒險啦！雖然我說了那些任性話，不過我能忍耐的。

如果我的女友是懂得這麼說的人——事隔多年，怨懟又湧上心頭，清田不禁苦笑。放蕩數年，頭一次對別人吐露此事之後，清田總算發現了。

其實我也在自我陶醉，就和她一樣。

陶醉於為了心上人越柵的冒險精神中。

不過要對現在的吉川說這番話，未免太殘酷了。

「妳的男朋友怎麼說？是不是很感動地說：『妳肯為了我冒險？』」

吉川垂下頭來，表情說明了一切。

「和我的女朋友一樣。」

吉川膝上緊握的拳頭無力地鬆開了。光看她的執勤態度，就知道她是位個性認真且腦袋靈光的隊員。

「妳可以回去了。進隊舍的時候小心別被人看到。」

吉川深深地行了一禮，清田知道自己用不著盯著她走進隊舍了。

「當時逮到我的如果不是清田中士，我大概就成不了下士了。」

吉川一面喝著清田泡的咖啡，一面笑道。

升任下士之後的吉川是個冷靜沉著、精明幹練且心細如髮的部下；她靠著女性獨有的細心留意整個隊上，時常發現為愛昏頭的年輕隊員。這對犯過同樣錯誤的搭檔默契極佳，過去也曾數度防範越柵於未然。

「聽說您要調任了？」

再度開口的是吉川。

「這回要調到哪兒去？」

「應該是郡山吧！」

清田又抱怨了一句：我已經習慣溫暖的氣候，到了郡山，冬天鐵定很痛苦。

「清田中士的壓箱寶可以借我使用嗎？」

「當然可以，隨妳加油添醋。就當是我傳授給妳的。」

「謝謝。」

即使是玩笑話也要一板一眼地道謝，正是吉川的作風。吉川又用一板一眼的口吻若無其事地繼續說道：

「現在的我有信心，不會輸給距離及時間。」

清田沒遲鈍到聽不出她的言下之意。

她是個好部下，這點無庸置疑；雖然清田一直努力不把她當女人看待，但她也確實是個好女人。

一想到今後喝不到不用吩咐就自動泡好的第二杯可可亞，清田便感到落寞萬分。

吉川又要開口，清田伸出手來制止她。

「我聽了會動搖，妳先等等。」

清田制止了吉川，一時之間卻又不知如何說明，思索片刻之後方才說道：

「到了這個年紀很怕跌倒，受了傷好得也慢。」

自從十幾歲與女友分手以來，清田一直過著放蕩不羈的生活，真心戀愛的經驗值其實並不高。

他已經近十年沒在工作以外的場合接觸不可草率對待的女人了。

「要是妳過了一年還沒改變心意，再跟我說吧！」

「好。」

吉川以一如往常的淡泊態度回答，隨即又微微一笑。

「不過您可別以為這段期間沒有後顧之憂，就可以四處風流喔！聽說您從前在各地都是花名遠播？」

……啊，果然是個好女人。

這是清田頭一次沒有自踩煞車，毫無顧慮地想道。

原來我一直和這麼棒的女人一起工作啊！

「既然妳敢要求別人，自己也得好好守節啊！」

清田一面說著，一面起身笑道：

「我十年前可也是為了女友越柵的純情少年郎喔！」

「我可是近在三年前呢！」

吉川微微一笑，隨即又恢復正色，彷彿剛才的對話從來不曾存在過一般。她起身敬了個挺拔漂亮的禮。

「對不起，這麼晚了還勞煩您親自過來。火燭檢查和交接交給我就行了，請您先回去。」

警衛室的時鐘指著0200，離起床時間只剩不到四小時，看來明天彼此都得和睡魔交戰一整天了。

雖然沒有任何好處，也沒有任何香豔刺激的遭遇，純粹是為了勸解為愛昏頭的年輕人而落得雙雙睡眠不足的下場，不過清田其實還挺喜歡這種夜晚的。

離開這裡之前如果能夠再有一次這樣的夜晚就好了——身為管理階級，這似乎是種不太妥當的期待。

Fin.

親愛的戰機駕駛員

*

「美由家是第一次約會以後，在爸比的房間裡；小綾家是放學以後的……『社辦』？」

要問他們在談論什麼話題，便是「爸比和媽咪第一次親親的地方」。唔，現在的小孩話題真勁爆耶！高巳一面苦笑，一面抓了抓腦袋。小孩的嘴巴向來沒遮攔，一回到家，便立刻將朋友父母的青春故事赤裸裸地傳播出去。

小綾的爸媽倒也罷了，美由的爸媽應該不會僅止於親親才是。這種事大家都心知肚明，不過盡量不去想；這正是家長間的往來之道。

話說回來，這回怎麼會流行這麼勁爆的話題啊？春名高巳大為苦惱。

「欸，爸比和媽咪呢？」

我就知道她會問。高巳忍不住抱頭。想當然耳，自己家裡的情況也會傳播到別人家去，藉此取得相互間的平衡，化為鄰居交流時心照不宣的話題：「女孩子就是早熟嘛！」所以高巳不能獨善其身，逃避這個問題。

「爸比和媽咪的情況比較複雜一點。」

說著，高巳將女兒茜抱到膝上——光稀，我好恨妳啊！為什麼這種尷尬的話題全由我來說啊？

高巳真羨慕美由的媽媽，一句「第一次約會後在爸比的房裡」就能解決。

正當高巳認真思考該從哪裡說起之時，茜又一臉嚴肅地叮嚀：「不可以編故事喔，爸比。」茜年紀小小，女性能力便已經超越母親了。

女性能力不及五歲小孩卻令高巳一見傾心的妻子，正是在日本仍極為少見的空自戰機駕駛員。

＊

他們是在第一次約會時接吻的。當時令全日本大亂的事件已然解決，高巳也回到了位於小牧的三津菱重工（ＭＨＩ）；然而他們的約會卻從一開始便波濤洶湧。

「……慢著，光稀。」

一見現身於約定地點名鐵犬山站的光稀，高巳便忍不住舉起右手喊暫停。

這是為了調查事故而長期出差的ＭＨＩ技術員高巳自離開岐阜基地以來頭一次與光稀見面。入秋後的晴朗假日正是約會的好時節，在這樣的日子裡與美麗的情人相約在車站見面，可說是無可挑剔的情境。然而——

「那是什麼？」

「什麼是什麼？」

光稀一臉困惑，低下頭來看著自己的裝扮。「很奇怪嗎？」

哦，妳也知道奇怪啊？那就好辦了。高巳大大點了個頭。

「嗯，非常奇怪。」

「反正我穿起來就是不合適嘛！對不起！」

我要回去了！光稀怒吼道，立刻朝著售票機大步走去。

「咦？等一下，光稀！」

「所以我就說我不要穿這種衣服嘛！穿起來明明不可能好看，大家卻——」

「慢著，我想我們一定有某種根本上的誤會，妳先別走！」

高巳慌忙追上，從身後抓住光稀的手腕，光稀卻不容分說地甩開他的手。被現役戰機駕駛員用力甩脫還能牢牢抓住手腕的男人，大概也只有武術家了。

「光稀！」

高巳大叫，光稀才猛然停步。她回過頭來看著高巳，表情分不出是生氣、鬧彆扭還是泫然欲泣。

「我們先來整合彼此的認知吧！這是基本，不是嗎？」

高巳朝光稀伸出手來，光稀由下方狠狠瞪著他，心不甘情不願地往他的方向走近一步，並輕輕將手放上他的手。

高巳握住光稀的手，開了個小玩笑：「抓住妳啦！」光稀又帶著賭氣的表情（應該是賭氣，雖然看起來無限近似威嚇）低下了頭。

「這是妳朋友替妳選的？」

光稀默默點了點頭。

亮色的針織上衣加上膝上窄裙，腳下則是低跟長靴。之所以選擇低跟，應該是顧慮到光稀平時不習慣穿這類衣物，不然的話，穿高跟長靴看起來帥氣多了。

仔細一瞧，光稀臉上還化著淡妝。高巳只見過身穿飛行裝或作業服的光稀，如今見她這身「女孩子」打扮，不由得心跳加速。

「她們挑的衣服很適合妳，好可愛，我很驚喜。不過……」

高巳這回指著光稀的胸前說話，以免又造成誤會。

「這是什麼？」

「……你看不出來嗎？」

光稀的聲音中依然帶著怒氣，不過至少她回答了，代表還有轉圜餘地。

「我問的是——為什麼妳打扮得這麼漂亮，卻要掛個識別證在胸前？」

光稀工作時絕不離身的簡陋鋼牌識別證和一身精心裝扮完全不搭。高巳曾聽說鋼牌尾端的缺口是為了方便撬開屍體的嘴巴而設計的，更使得殺伐氣氛倍增。

「不戴著怎麼證明我是誰？」

「……不能用駕照之類的證件證明嗎？」

「如果不是隨身物品，發生狀況時無法判別身分。」

「妳以為和我約會可以發生什麼造成妳身分不明的大災難啊！」

高巳忍不住叫道。

「好了，拿下來拿下來！就只有這個看起來很不搭，怪到了極點。」
光稀不情不願地拿下識別證，收進包包裡。高巳牽起光稀的手，邁開腳步。
「電影就看下一場吧！到名古屋之後，先去買條適合妳這身打扮的項鍊。」
高巳坐進停在停車場裡的車，拿起放在儀表板上的眼鏡。
「我頭一次看你戴眼鏡。」
副駕駛座上的光稀頻頻打量高巳的臉。
「只有開車的時候戴。戴隱形眼鏡，左眼的度數怎麼樣都不符合駕駛條件。眼鏡很重，其實我不喜歡戴。」
「所以你才老是戴隱形眼鏡？」
「今天我也有帶來，下車時我再戴。」
「沒關係，你現在戴吧！」
說著，光稀打開副駕駛座車門。
「我替你開車到名古屋，換手。」
「啊？是嗎？不好意思。」
高巳沒那麼喜歡開車，便乖乖和光稀換手了。坐進駕駛座的光稀皺起眉頭，踩了幾下油門及煞車，喃喃說道：「不好踩。」應該是長靴的緣故。
高巳正要提議還是由他來開車，光稀卻突然打開駕駛座車門，放下雙腳，脫去長靴。

她把脫下的長靴扔進後座底下，穿著褲襪的腳踩了踩踏板。「嗯，這樣就行了。」——真的行嗎？

高巳覺得自己戴隱形眼鏡所費的工夫和光稀穿脫長靴的工夫其實差不多，不過光稀也是出於一番好意，他便沒多說了。

話說回來，光稀突然脫下長靴，雙腿的線條顯得極為炫目；或許是因為裸足特別引人心猿意馬之故吧！

「光稀。」

高巳呼喚正在發動引擎的光稀。

「妳的腿很漂亮耶！」

「你在看哪裡啊色鬼！再看我收錢了！」

果不其然，光稀老大不客氣地罵了回來。高巳暗自鬆口氣，陪著笑了幾聲。

若不故意開玩笑轉移注意力，高巳只怕自己把持不住——傷腦筋，誰說她沒女人味的？還不是一樣引人犯罪！

在前往名古屋的車子上，高巳只能強自鎮定，說些無關緊要的話語。

光稀將車子停在名古屋車站附近的停車場，重新穿上長靴，高巳也換上隱形眼鏡。他的是軟式眼鏡，無須用食鹽水。

怎麼不在車上換好？這樣我和你換手就沒意義了啊！光稀啼笑皆非地說道，高巳只能笑著蒙混過去，走向車站前的百貨公司。
高巳替光稀挑選比識別證更適合她今日服裝的飾品，光稀起先大概是難為情，顯得不怎麼起勁，不過挑著挑著卻也挑出興致來了。
「這個如何？」
她自己也選了條項鍊放在胸前比較，一面窺探高巳的反應。那略帶靦腆的神情活脫便是情人的面孔，簡直可愛到凶惡的地步。哇，這種表情只有我看得到嗎？高巳突然對同在岐阜基地工作的隊員們產生了一股優越感。
「這個應該比較好看吧？」
高巳拿起另一條項鍊，從背後繞過光稀的脖子。這條項鍊色調比較穩重，不過雕工比光稀手上的複雜，因此看起來更為華麗。高巳的手碰到從寬領衣中露出的肩膀，光稀雖然沒發現，但他還是不動聲色地移開了手。
「這個……會不會太花俏了一點？」
光稀彷彿打冷顫似地皺起眉頭。高巳從光稀身後看了看鏡子，說道：
「我反而覺得剛才的太樸素了，這樣剛剛好。」
「對啊！小姐這麼漂亮，當然要選醒目一點的比較好啊！」
賣場店員突然從旁打岔，她和光稀正好相反，是個嬌滴滴的年輕女孩。
「我推薦這一款！」
說著，店員拿起一條比高巳所選的更加花俏的項鍊，放在光稀胸前比較。「您看，很能襯托出您的五官吧？」
光稀困擾地瞧著高巳。她不習慣這種場面，連句應付的話都不會說。
「光稀，妳喜歡哪條？」
高巳把自己選的項鍊與店員選的項鍊排在一塊給光稀看。
「高巳……選的我比較喜歡。」
聽見光稀突然稱呼自己的名字，高巳不由得沾沾自喜。
「那就請妳幫我把這條包起來。」
高巳將信用卡與項鍊一併交給店員，光稀連忙說道：
「不用，我自己付錢就好了。」
「這可是第一次約會耶！男友付錢天經地義。」
聽了男友二字，光稀的臉變紅了。啊！混帳，太可愛了！
「對啊！還是男朋友選的最合適了！」店員也機靈地附和道：「您的男友眼光真好！」
請稍等一下。店員說完，正要離去時，光稀叫住她。
「啊，不用包，把標價剪掉就好。」店員面露疑惑之色，光稀略帶羞怯地解釋：「我想立刻戴上。」
更可愛了。
等待結帳時，光稀突然問道：
「剛才的小姐說你很有眼光。」

「是啊，不愧是當店員的，嘴巴很甜。」

「這種挑項鍊的眼光是先天的還是後天的？」

「我那個已經出嫁的老姊很愛花錢，我常被她拉去購物。」

高巳的朋友也看重他因此培養出的好眼光，每回要買重要禮物時便會找他相陪。

原來如此。光稀點了點頭，高巳問道：

「有什麼問題嗎？」

「——沒有。彼此都是大人了，這種事也沒什麼好計較的。」

明明在乎卻故意逞強這一點也很可愛。其實她如果直截了當地詢問，高巳就會告訴她自己沒那麼受歡迎。

附帶一提，結完帳後，店員送回項鍊，但光稀自己不會戴，最後是由高巳替她戴上的。

我會好好珍惜的，謝謝。光稀說這句話時的笑容又是可愛到了極點。

他們要看的電影是光稀一直想看的二輪戰爭片。買完項鍊後已接近開場時間，所以午餐就用速食打發過去了。

電影情節驚心動魄，引人入勝，不過高巳身旁卻突然傳來一道啜泣聲。仔細一看，光稀已經陷入嚴重的大哭狀態，連拿出手帕來都辦不到。

——這個人真的是說哭就哭，說笑就笑。

高巳微微一笑，從旁遞了一條手帕給她。「不好意思。」光稀一面哭著說道，一面接過手帕。
她哭成這樣，之後知道該怎麼補妝嗎？高巳暗自操著無謂的心，注意力隨即又被引回電影情節裡。
其實用不著高巳操心，光稀在化妝室窩了十分鐘左右，便補好妝出來了。淚眼汪汪的美人相當引人注目，而等候美人的高巳也不遑多讓。
「沒事了？」
「嗯，不好意思。」
走吧！高巳伸出手來，光稀也坦然將手交給他，和一般情侶沒什麼兩樣。啊，我們終於變成牽手是天經地義的關係了！高巳略為感動。
他們走進附近的咖啡館，高巳一面喝著咖啡（這可是頭一次在基地咖啡廳及餐廳以外的地方「正式地」喝咖啡談心啊），一面問道：
「妳幾點以前得回基地？」
「2030左右。」
兩洞三洞。一般人聽了只會一頭霧水，不過高巳卻自動翻譯為晚上八點半。
「那我們差不多七點就該走了。」
這麼說來，只剩三小時左右。光稀的表情略為黯淡下來。
「好快啊！」

她指的應該是時間過得很快。知道光稀和自己有同樣的感覺，高巳既開心又悵然。

「我應該先申請外宿的。」

光稀漫不經心地說道，高巳聞言大笑。

「頭一次約會就在外頭過夜？好大膽的宣言啊！」

「我不是那個意思……！」

「這種話可不能隨口說說，我會期待的。」

光稀啞口無言，畏怯似地從高巳身上移開視線。

糟了，嚇過頭了。高巳正感後悔，光稀又帶著挑戰的神色抬頭說道：

「下次我就申請外宿。我已經不是小孩了。」

她顯然是在賭氣。高巳苦笑：

「別為了這種事情賭氣。到時騎虎難下，雙方都尷尬啊！」

說著，高巳一口氣喝乾冷掉的咖啡。

「好，走吧！我已經想好要去哪裡吃晚餐了。」

「為什麼要在名古屋機場吃晚飯？」

光稀一臉訝異地下車。當時中部國際機場尚未落成。

「我沒聽說過機場的餐點特別好吃啊！」

「我想也是，因為我也沒聽說過。」

高巳拿下眼鏡，放在儀表板上。他鎖上車後，便走向國內線航廈。

「吃完飯後才是重頭戲，快點吃吧！」

到底在玩什麼把戲啊？光稀雖然大惑不解，卻還是乖乖跟著高巳。

他們在航廈內的餐廳隨意點了餐，吃得差不多便迅速離開。

「好了好了，快上車快上車。」

「你到底在玩什麼把戲啊！」

還不到一小時，高巳又把車子開出機場停車場，在機場外繞了一圈，駛入跑道末端的公園，停進停車場。那座公園修葺有加，乾淨整齊，並設有孩童遊樂器材；由於當時正值傍晚，停車場空空蕩蕩，車位任君挑選。

「從今天的風向推測，應該是從南側進入較多。」

高巳話還沒說完，噴射渦輪獨特的尖銳引擎聲便從上方落下。飛得好低！

光稀睜大眼睛，挪動身體，試圖隔著擋風玻璃窺探上方。

即將著地的客機以掠過車頂的角度朝著跑道降落。

「我猜妳應該會喜歡看這個。」

光稀已經顧不得回答，整張臉幾乎都貼在擋風玻璃上。她這種只要是飛機哪種都愛的喜好與高巳相同，唯一不公平之處，便是女性熱愛飛機教人會心一笑，可是高巳卻得被稱作航空狂。

高巳覺得光稀此時的表情格外耀眼，教人憐愛。或許這只是情人眼裡出西施吧！

降落的客機全都大同小異，不是波音就是空中巴士；但光稀仍是每見一架到來便歡呼一次，直到目送第N架飛機著陸後，才心滿意足地坐回座位上。

「謝謝，下次我想在白天看。」

「下次是吧？了解。」

下次這個字眼能夠自然而然出現於彼此口中，也是件可喜之事。

——終於到了該送光稀回去的時間，兩人卻反而變得沉默寡言。戀戀不捨四字不足以形容他們的悵然之情。

我不想回去。

這句話在絕妙的時機響起，高巳還以為是自己說的，原來是光稀。

當然，光稀說這話的意思並非真的決定不回去，只是陳述她的心境而已。

「在這種時候說這句話，簡直是威力無窮啊！」

我是成年人，已經不是小孩了。

反過來利用她的倔強，應該不過分吧？

高巳用手指抬起光稀的下巴。

「別咬我喔！」

高巳半是認真地警告，堵住了正欲反問的唇。

生澀地依偎在高巳懷裡的光稀突然僵硬起來，她反射性地想逃，卻被高巳牢牢抓住，無路可逃。光稀抵抗了一下，才緊緊抓住高巳的襯衫。

那緊抓不放的強勁力道也教高巳愛憐。

再繼續下去，高巳怕自己當真不放光稀回去了，只得懸崖勒馬，放開光稀。

光稀愣了一下，隨即在狹窄的車內盡力拉開距離，逃到窗邊。

「你——你你你你你這個傢伙！」

光稀大聲怒吼，聲音與從天而降的噴射引擎聲混在一塊。

「你幹什麼！」

「幹什麼？妳不是同意了嗎？」

「舌頭不在我同意的範圍裡！」

聽了這誇張的抗議，高巳哈哈大笑。

「光稀，妳真的很有趣耶！」

「有趣個頭！這種事需要心理準備啊！」

「心理準備……難道妳要我半途停下來預告嗎？那也太滑稽了吧！」

光稀啞然無語，高巳又繼續調侃道：

「為了這點小事就動搖成這樣，我看妳暫時還是別申請外宿吧！好啦，繫上安全帶，走吧！」

高巳戴上眼鏡，拉起手煞車；光稀在一旁不悅地說道：

「我想申請外宿的時候就會申請，誰也管不著。」

「又在賭氣了。好強也該有個限度啊！」

妳明明就很害怕。高巳又加上這麼一句，光稀則堅稱她只是嚇了一跳而已。

接著——

「我是在說我並不是不願意！這還要我明說嗎？」

她鬧脾氣似地吼道，將臉撇開。

「——了解。」

這個人怎麼又說這種讓人更不想放她回去的話啊？

高巳一面苦笑，一面發動車子。

他現在已經等不及再次見面了，這一點光稀應該也一樣。不過絕不輸給距離及忙碌生活的決心呢？

這還要我明說嗎？高巳可以清楚想像光稀如此怒吼的聲音。光是這樣，就教他感到萬分幸福了。

＊

「爸比？」

在女兒的催促之下，高巳回過神來。多虧了這段回憶，他找到合適的切入點。

「爸比和媽咪是在約會以後，開車回家的路上。」

「為什麼大家都是什麼事情的『以後』啊，好奇怪喔！」

面對小孩特有的單純疑問，高巳苦笑：

「因為這是重頭戲，最讓人緊張了，所以要留到最後。就像聖誕節也是到了最後才切蛋糕，隔天早上才送禮物啊！」

「和蛋糕、禮物一樣重要嗎？」

這時候如果說對，事後高巳又得成為鄰居調侃的目標：「小茜爸爸說他的太太就和蛋糕及禮物一樣重要呢！」不過高巳不願為了顧慮這種事而說謊。

「比蛋糕和禮物還重要，現在也一樣。」

「我也最喜歡媽咪了！因為媽咪又帥又漂亮！比其他人的媽咪都還要喜歡！」

茜興高采烈地說道。親戚都說茜的五官和光稀很像，以後一定會變成和媽媽一樣的大美女。

高巳盡量不去想像女兒出嫁時的情景，因為光是想像虛幻的女婿，他就有一股痛毆對方的衝動。

光稀曾笑他自己還不是搶走別人家的女兒，不過高巳和光稀結婚時，岳父岳母可是哭著感謝他：「謝謝你願意收留這種航空癡！」情況實在不可相提並論。

真正的障礙反而是高巳的雙親。這些事高巳盡量不讓茜知道，不過茜已經對爺爺和奶奶產生了抗拒意識。說來遺憾，縱使是站在高巳的觀點，也看得出雙親顯然不懂得拿捏什麼事該對小孩說。

他們經常指桑罵槐地說：「看看別人家的太太，哪個不是留在家裡打理家務？」光稀每次探訪夫家都得承受這些冷嘲熱諷，高巳很佩服她的忍耐力。如果讓高巳發現，他一定毫不猶豫使出殺手鐧——立刻回家，而他的父母也很明白這一點，因此向光稀施壓時總是巧妙避開高巳。

雖然高巳早已聲明不生第二胎，雙親卻認為只要光稀辭掉工作，生第二胎根本不成問題，又是滿嘴怨言。

光稀曾說過一次喪氣話：我是不是該辭職？

茜出生半年之後，光稀重新歸隊受訓，雙親的反應尤為激烈。居然扔下剛出生的孩子去開飛機，妳真的愛孩子嗎？雙親抓著這點猛打，教光稀毫無招架之力。

要勸光稀別放在心上很簡單，但這種事最好的應對方法，就是別讓這些話傳進光稀耳裡。高巳無法防堵雙親的冷嘲熱諷，說來是他失職。

我從來沒說過希望妳婚後辭職啊！高巳只能這麼說，並緊緊抱住光稀。

我保證絕對不會要求妳不再開F—15，請和我結婚吧！

求婚時說的每一字每一句，高巳都記得清清楚楚，沒有出爾反爾的打算。

光稀一面哭泣，一面說著謝謝和對不起，高巳硬是堵住她的嘴。他不願光稀說出「對不起，當不成一個普通的妻子」這種話。

雙親直到婚禮前夕還堅持不肯出席，這段記憶高巳選擇埋葬於黑暗之中；不過自衛隊相關人士的賀詞，卻長留在他的心裡。

之所以長留心裡，是因為這些賀詞全都是持家之道。

你要謹記，前一天不管吵架吵得多凶，隔天早上也得帶著笑容送她出門；因為幹自衛官這一行，早上出了家門，或許就再也回不來了。這番訓示緊緊嵌進高巳的心坎裡──這就是即將成為我妻子的人。

這番話一般是對新娘說的，不過高巳的情況是男人娶了戰機駕駛員當老婆，所以守候的人就成了男方。另一個原因，與光稀相較，高巳的工作較為自由。

「武田中尉……不，春名中尉有個可靠的丈夫替她保護家庭，讓她毫無牽掛地飛行，實在是令人羨慕不已。」

據說再平凡的女人只要當上幾年自衛官的妻子，就會變成一個捍衛家庭的女強人；因為她們隨時做好失去丈夫的心理準備。連弱質女流都有這般骨氣，難道高巳沒有？

讓她毫無後顧之憂，專心飛行，是高巳的義務；是高巳不惜賭上一生的義務。

然而如今他卻讓這些風言風語傳入賭命飛行的光稀耳中，令他深深懊惱自己真沒用。

＊

「欸，爸比。」

茜略帶消沉地抓住高巳。
「媽咪喜歡我嗎？」
高巳立刻明白茜為什麼這麼問。一星期前，他工作太忙，分身乏術；而第二順位的光稀父母也抽不出時間，因此高巳只好拜託他的雙親去托兒所接茜。
高巳已經盡快去接茜回家了，沒想到幼稚的雙親居然趁這段短暫的時間向茜說些母親的壞話。
「奶奶說媽咪喜歡飛機勝過喜歡我，說媽咪因為比較喜歡飛機，才會丟下我『單身赴任』。」
混帳，接下來半年休想我回去。高巳在心中向雙親下了通牒。他知道對雙親而言，見不到他與孫女是最大的懲罰。
「沒這回事。」
高巳用力抱住茜。
「茜不喜歡開飛機的媽咪嗎？」
茜無力地搖了搖頭，小聲說道：「媽咪很帥。」雖然不知道是遺傳到哪一邊，不過茜確實印證了「龍生龍、鳳生鳳，老鼠的孩子會打洞」這句話。春名一家與航空淵源極深，母親是戰機駕駛員，父親從事航空器開發工作，不過他們夫妻倆並未特意激發孩子對飛機的興趣；誰知在不知不覺之間，茜居然認得出F－15就是「媽咪開的飛機」，說來也真了不起。
正因為如此，聽見祖父母聲稱開飛機的帥氣媽咪喜歡飛機勝過她，她才格外傷心。這實在不是一把年紀的老人該對剛上大班的小女孩做的事。

「妳知道媽咪開飛機有多麼厲害嗎？」

接下來這番話也很殘酷，不過既然知道父母對茜說了什麼，高巳非說不可。

「妳知道媽咪開飛機沒死，有多麼厲害嗎？」

淚水一口氣湧上茜的眼眶。唉，果然太過殘酷了。

然而箭在弦上，不得不發。

「媽咪每次開飛機都能平安回來，全是因為她受過很嚴格的訓練。」

男人要繼續當駕駛員比女人容易得多。就算結了婚，男人並不能懷胎，大可將生子及顧家的工作交給妻子，專心飛行。

但女人可就不一樣了，光稀便是最好的例子。即使高巳可以代替光稀顧家，卻不能代替她生產。

女人發現懷孕以後，就必須中止飛行訓練，直到將小孩生下並撫養到數個月大為止。女性駕駛員擔心忘記飛行時的感覺，幾乎都在生產半年後便恢復訓練；即使如此，包含懷孕期間在內，實際上仍有一年以上的時間「不能飛行」。

高巳無意剝奪光稀的羽翼，光稀也不想辭職，因此他們一開始便有了默契——第二胎是不可能的。

當然，也有家庭打一開始便放棄生小孩。

不過——

「媽咪從來沒有猶豫過該不該生下妳。」
這對高巳而言，也是無庸置疑的愛情。
必須持續飛行以磨練技術的駕駛員，給了高巳及茜整整一年不開飛機的時間。
「所以不管爺爺和奶奶說什麼，妳都要相信媽咪喔！」
為了生下茜，為了替高巳帶來茜這個女兒，光稀中止每天的訓練，凍結安全係數一年。
「我不要媽咪死掉！」
茜開始啜泣。她頂多也只能理解到這個程度了。
「沒事的，媽咪為了活著回來，才會和我們分開，每天進行嚴格的訓練。」
高巳搖晃著在膝上啜泣的茜。
「妳的名字也是媽咪取的喔！」
「茜？」
「媽咪一知道生下來的是個女孩，就說要取名叫茜。」
光稀於向晚飛行之際，曾見過一片渲染著淡橘與粉紅漸層色彩的天空。
「她說那是她看過最可愛的天空顏色（註4）。」
茜吸著鼻子，終於停止哭泣。高巳把茜抱到椅子上。
「已經快到睡覺覺的時間了，要不要切蛋糕？」
這是為了茜的生日特別訂做的蛋糕。他們吃完晚飯後一直在等光稀回來，但現在已經到了就寢時間的極限了。

茜一臉睡意，卻搖了搖頭。

「明天再切，我要等媽咪回來。」

乖孩子。高巳戳了戳茜的額頭，茜靦腆一笑，衝進浴室裡刷牙。母親單身赴任的環境將茜教育成一個過度懂事的孩子。

*

當臨時安排的夜間訓練結束，已經過了九點。

今天是女兒的五歲生日，但這麼晚了，她也差不多該睡覺了。光稀脫下飛行裝，隨手塞進鐵櫃；她沒有多餘的時間挑選衣服，便換上訓練時穿的運動服。她是開車回家，用不著顧慮服裝問題。根據丈夫高巳的說法，疏於儀容打扮乃是黃臉婆化的徵兆，不過這回事態緊急，她也顧不得那麼多了。

「辛苦了！」

隔天光稀已經請了特休假。她單方面向飛行夥伴及警衛打完招呼之後，便揹起旅行袋及背包，衝向停車場。她平時訓練有素，揹著行李跑個十幾、二十公里也不會軟腳。

光稀送給茜的是和茜同等身高的泰迪熊。雖然高巳說大型禮物由他購買較為方便，但光

註4：日文亦稱橘紅色為茜色。

稀卻堅持親自選購。平常她老是冷落女兒，自然希望女兒最想要的大禮能夠交由自己負責。然而即使光稀已經用上最大號的背包，頭部仍然塞不下，一路上還被人調侃：「春名中尉，晚上看有點恐怖耶！」

高巳準備的禮物應該又是洋娃娃的新款禮服。光稀母親送來的晚餐是來不及吃了，不過或許趕得上切蛋糕。

光稀將禮物放到後座，發動高巳平時總說「太大輛不敢開」的休旅車，疾馳而去。

在高速公路上奔馳約兩小時，光稀回到家已過了十一點。

「茜呢？」

光稀氣急敗壞地問道，已經換上睡衣的高巳滿臉同情地回答：「妳晚了一步。」大概晚了三十分鐘到一小時。

揹著大禮物的光稀全身無力地在玄關口跪了下來，高巳也在門階上陪她跪下，梳了梳她的髮絲。

「雖然看起來挺嚇人的，多虧妳真的努力把它帶回來了。光稀，了不起！」

從背包中探出頭來的應該是泰迪熊吧！玩偶的身高和茜一樣，如果把茜裝進去，大概也會呈現同樣的狀態。

「茜有乖乖吃飯吧？」

沒能及時趕上的打擊令光稀的聲音略帶淚意，高巳為了安慰她，鉅細靡遺地回答了菜單內容。炸雞、馬鈴薯沙拉，還有鋪了鮭魚卵的壽司飯，全都是茜愛吃的食物。

「不過她說蛋糕明天才要切，要等媽咪回來。」

聽了這句話，「淚意」完全決堤了。

「我老是讓茜受委屈，連她生日的時候都不能陪她一起吃蛋糕。」

高巳梳著髮絲的動作變得更加溫柔了。

「沒關係啦！是茜自己決定要等明天媽咪回來再一起吃蛋糕的。她明白妳是愛她的。等她再長大一點，就會知道工作的意義了。」

高巳雖然沒明說，不過光稀猜得出公公婆婆又向茜灌輸一些難聽的論調。他們是生養高巳的人，光稀只能忍耐，但有時真的忍得很苦。

光稀覺得飛機比茜還有高巳都重要，所以才不肯辭職——這是他們的一貫論調。

高巳告訴光稀，當他對茜說媽咪為了茜有整整一年的時間沒開飛機之後，茜哭著說她不要媽咪死掉。

或許這是感覺問題，不過一個五歲的孩子居然能了解訓練對於平安生還有多麼重要，以及母親正是為此與自己分隔兩地，反而教光稀心酸。

「……高巳，你也明白嗎？」

她明白妳是愛她的。

對於光稀而言，這個問題當然不只限於茜。

不過——

「明白什麼？」

高巳明知故問。

「就是……和茜一樣的事啊！」

「說清楚一點嘛！」

高巳的調侃語氣令光稀賭起氣來。她抓住高巳的後腦，拉他過來，給了他一吻。

我以為用這種手法堵住對方的嘴是男人的專利耶！高巳在雙唇分離之際喃喃說道，隨即轉守為攻。

光稀習慣性地逃避，不過高巳快了一步，沒讓她逃走。預定之外的吻讓光稀不再關心高巳究竟明不明白（其實她也不認為高巳不明白），然而——

「妳居然懷疑我不明白連五歲小孩都懂的事？」

原來賭氣的不只光稀，高巳也一樣。

平時丈夫面對自己時，總是擺出游刃有餘的態度，讓光稀頗為氣惱；正因為如此，偶爾發現的另一面更顯得格外可愛。

「先把小熊藏在壁櫥裡吧！」

說著，高巳從背包中拉出泰迪熊，突然又露出極為詫異的表情。

「……光稀，這個是……」

「我特別訂做的，是鈦合金喔！上回你不是說托兒所要舉辦親子健行嗎？我催廠商趕工做出來的。」

掛在泰迪熊胸前的，是用珠鍊串起、兩片一套的金屬識別證，連尾端的缺口都和自衛隊的一模一樣。

「不過是托兒所的校外活動，妳以為會碰上什麼造成女兒身分不明的大災難啊？」

「現在社會這麼亂，怎麼能讓我的寶貝女兒沒掛識別證就跑到野外去！」

「托兒所禁止佩戴髮飾以外的飾品！」

「你居然說識別證是飾品？」

「等等，該不會連我也得戴吧？」

兩人爭吵到一半，才想起可能會吵醒已經入睡的茜，連忙壓低聲音；這時又想到過去也曾為了類似的事爭吵，不禁相視而笑。

Fin.

後記

一把年紀的女人喜歡寫肉麻愛情故事有什麼不好！

所謂人不要臉，天下無敵，所以我豁出去啦！

而豁出去的成果就是本書。

只要閱讀本書的時候會心跳加速就ＯＫ！其他的我才不管！沒錯，我就是豁出去啦！男人婆只要一豁出去，臉皮厚得連子彈都打不穿啊！

說真格的，我真的超愛肉麻愛情小說。《星へ行く船》的步美與太一郎之間若即若離的感情，《妖精作戰》的榊及惟的初吻，《大森林裡的小木屋》系列的羅蘭與阿曼樂，還有《清秀佳人》及《長腿叔叔》。這些作品正因為都是小說，所以才格外動人！

小說獨有的心動感，是漫畫、動畫、連續劇及電影所無法供應我的。我就是愛它，你能拿我怎麼辦？

以上便是寫成這個系列之後豁出去的感想，伏乞饒恕！

好啦，輕鬆也輕鬆過了，接下來作個簡單的作品介紹。

・我的鯨魚男友

這是本書的同名作，也是我在《野性時代》上初次刊載的作品。由於本作是《海之底》的外傳，我撰寫的時候其實懷著藉此吸引讀者閱讀《海之底》的不良居心。說來《野性時代》的編輯也真亂來（這是稱讚），居然讓這種居心不良的作品打頭陣。

・完工

自衛隊公關部門的人員稱讚本作是「沒有內幕消息提供者就寫不出來的作品」？呃，是誰提供了內幕消息，我無可奉告；總之這是在閒聊時聊到「男廁當通道用」，因此激發我的靈感而寫出這篇作品。我這個人一碰到屎尿題材就毫無節制，多虧了責編總是適時地替我踩煞車。

・國防戀愛

採訪前陸自游擊隊員時，他曾說了這麼一句話：「ＷＡＣ都是潑辣、跋扈、得意忘形且不可一世，但有時候卻又楚楚可憐、渾身空隙，所以才難纏。」這句扣人心弦的話讓我留下極為深刻的印象。可是不知道為什麼，寫出來卻變成那種樣子。責編看了三池的某句臺詞，曾勸阻我：「抱歉，我覺得講這種話實在超越女主角的底線了。」然而我卻無視他的制止，強力主張：「那就超越吧！」現在道歉還來得及嗎？

・能幹的女友

本篇也是《海之底》的外傳，不知和《親愛的戰機駕駛員》比起來，哪個比較肉麻？我認為望是一個若是實際上與她交往會非～～～～常麻煩的女人，而我在本篇中想要描寫的便是她有多～～～～麼的麻煩。《野性時代》的總編異常中意窩囊的夏木，雖然我覺得很榮幸，不過至今仍不明白理由為何。

・越柵輓歌

這也是參雜前陸自游擊隊員的經驗談而成的作品，是我難得撰寫的浪子故事。一年後會變得如何，連我也不明白。浪子清田也是《野性時代》的總編異常中意的角色，我依然覺得很榮幸，不過還是不明白理由為何。

・親愛的戰機駕駛員

自衛隊三部曲的第二部《空之中》裡有對情侶格外受到喜愛，許多讀者希望我為他們寫外傳，這回總算交代了他們倆的後文。除了前作的讀者以外，也希望沒看過前作的讀者能夠藉由本作了解到日益增加的女性駕駛員（當然，女性戰機駕駛員仍屬虛構範圍）要持續守在崗位上是如何辛苦的事。假如有讀者因此對前作產生興趣而去閱讀，我會喜出望外。

這回有幸向自衛隊取材，並與各位高階長官談話；當我表示「我要以自衛隊為題材，描寫肉麻的愛情故事」時，各位長官都大笑叫好。

「請用妳的筆告訴大家，自衛官也是會戀愛、會結婚的普通人。」

我想這句話應該是為了為數眾多的部下們而說的吧！

我所見到的年輕自衛官——這麼說或許有點失禮——全都是可愛、純真、努力且專一，但一談起工作就變得英姿煥發的普通青年男女。

取材得來的故事還有許多，希望以後有機會逐一發表。

有川 浩

200X年，連續兩起航空意外
使人類接觸沉睡的秘密——

日本四國海域高度兩萬公尺的高空，民營超音速噴射機開發小組的測試機和自衛隊軍機相繼在此發生離奇的意外，似乎有相當巨大的不明飛行物飄浮在上空——另一方面，失事駕駛的孩子卻在海邊撿到類似水母的……

空之中

NT$290/HK$78
©HIRO ARIKAWA 2004

現正發售中 now on sale

天氣晴朗的寧靜春日
平靜無波的海面下卻……

停泊於美軍橫須賀基地的海上自衛隊潛艦在接獲命令準備啟航時，卻因不明原因無法航行。艦長決定讓艦上所有人員撤退，然而當艦組人員離開時，卻目睹一群體型大如人類的甲殼類生物捕食基地人員……

海之底

NT$290/HK$78
©HIRO ARIKAWA 2005

現正發售中 now on sale

國家圖書館出版品預行編目資料

我的鯨魚男友／有川浩作；王靜怡譯.
--初版. --臺北市：臺灣國際角川, 2011.02-
面；　公分. --（文學放映所；72-）
譯自：クジラの彼
ISBN　978-986-287-023-5（平裝）

861.57　　99025487

文學放映所072

我的鯨魚男友

原書名＊クジラの彼

作　　者＊有川浩
譯　　者＊王靜怡

2011年2月9日　初版第1刷發行

發 行 人＊塚本進
總　　監＊施性吉
總 編 輯＊呂慧君
副 主 編＊陳正益
文字編輯＊林秀儒
美術副總編＊黃珮君
美術主編＊許景舜
印　　務＊李明修（主任）、張加恩、黎宇凡

發 行 所＊台灣國際角川書店股份有限公司
地　　址＊105 台北市光復北路11巷44號5樓
電　　話＊(02)2747-2433
傳　　真＊(02)2747-2558
網　　址＊http://www.kadokawa.com.tw
劃撥帳戶＊台灣國際角川書店股份有限公司
劃撥帳號＊19487412
製　　版＊尚騰製版印刷有限公司
I S B N ＊978-986-287-023-5

香港總代理
角川洲立出版（亞洲）有限公司
地　　址＊香港新界葵涌大連排道200號偉倫中心第二期20樓前座
電　　話＊(852)3653-2804

法律顧問＊寰瀛法律事務所